DOIDINHO

JOSÉ LINS DO REGO
DOIDINHO

Apresentação
Marisa Lajolo

São Paulo
2020

© Herdeiros de José Lins do Rego
50ª Edição, José Olympio Editora, Rio de Janeiro 2018
51ª Edição, Global Editora, São Paulo 2020

Jefferson L. Alves – diretor editorial
Gustavo Henrique Tuna – gerente editorial
Solange Eschipio – gerente de produção
Karina Danza – revisão
Mauricio Negro – capa e ilustração
Ana Claudia Limoli – diagramação

Obra atualizada conforme o
NOVO ACORDO ORTOGRÁFICO DA LÍNGUA PORTUGUESA.

DADOS INTERNACIONAIS DE CATALOGAÇÃO NA PUBLICAÇÃO (CIP)
(CÂMARA BRASILEIRA DO LIVRO, SP, BRASIL)

Rego, José Lins do, 1901-1957
    Doidinho / José Lins do Rego ; apresentação Marisa Lajolo. – 51. ed. – São Paulo : Global Editora, 2020.

ISBN 978-65-5612-016-4

1. Ficção brasileira I. Lajolo, Marisa. II. Título.

20-41076   CDD-B869.3

Índices para catálogo sistemático:
1. Ficção : Literatura brasileira   B869.3

Cibele Maria Dias - Bibliotecária - CRB-8/9427

Direitos Reservados

global editora e distribuidora ltda.
Rua Pirapitingui, 111 – Liberdade
CEP 01508-020 – São Paulo – SP
Tel.: (11) 3277-7999
e-mail: global@globaleditora.com.br
www.globaleditora.com.br

Colabore com a produção científica e cultural.
Proibida a reprodução total ou parcial desta obra sem a autorização do editor.

Nº de Catálogo: **4413**

Sumário

Doidinho, o menino que aprendeu o Brasil, *Marisa Lajolo* 7

Doidinho 13

Cronologia 227

Doidinho, o menino que aprendeu o Brasil

Marisa Lajolo

Corria o ano de 1933

Getúlio Vargas governava o Brasil, passava nos cinemas *Ganga bruta*, filme dirigido por Humberto Mauro, e nas livrarias figuravam os recém-chegados *Cacau*, de Jorge Amado, e *Casa-grande & senzala*, de Gilberto Freyre. Ao lado deles, o romance *Doidinho*, de José Lins do Rego (1901-1957), escritor paraibano que, no ano anterior, tivera imenso sucesso com seu livro de estreia, *Menino de engenho*.

Doidinho, que dá nome ao livro de 1933, é o apelido de Carlos Melo, menino de 13 anos, interno em um colégio em Itabaiana, longe do engenho Santa Rosa, onde era criado pelo avô José Paulino. No livro, Lins do Rego dá a palavra a Doidinho, que nos faz acompanhar a vida numa escola cheia de regras, com um diretor autoritário e cruel, a um tempo em que alunos apanhavam e ficavam trancados, de castigo, em quartos.

Doidinho, o menino que tinha vários nomes

O livro se desenrola numa linguagem envolvente, como se Doidinho, o narrador, estivesse conversando com os leitores, dividindo com eles a história de seu dia a dia na escola e o relato das breves temporadas que passava no engenho da família.

Ao longo da leitura, o leitor provavelmente se solidariza com o narrador, menino órfão e muito sensível, atormentado pelas circunstâncias trágicas de sua orfandade. Muitas vezes ele apanha do diretor da escola e fica de castigo. Aprende, então, a refugiar-se nos livros, identificando-se com as personagens e situações das histórias.

O desenrolar do romance acompanha, de forma extremamente delicada, o percurso da criança ao jovem, do menino ao adolescente, e as descobertas, sofrimentos e conquistas do crescimento. Nas palavras do narrador:

> Em casa, era Carlinhos, ou então Carlos, para os mais estranhos. Agora, Carlos de Melo. Parecia que era outra pessoa que eu criara de repente. Ficara um homem. [...] O Carlos de Melo que me chamavam era bem outra coisa que o Carlinhos do engenho, o seu Carlos da boca dos moradores, o Carlos do meu avô.
> [...] Tinha também ganho o meu apelido: chamavam-me de Doidinho.

Como toda passagem, a de Carlinhos a Doidinho é acompanhada de rituais, um dos quais bem pode ser representado pela sucessão de nomes que designam o sofrido menino. Entre outros, o despertar da sexualidade o atormenta.

Num ambiente escolar de erotismo ao mesmo tempo despertado e condenado, Doidinho sofre. Mistura as recordações do antigo amor pela prima Maria Clara, sentimento depois castamente duplicado pela colega de classe, Maria Luísa, com a atração pelas mulheres negras mais velhas e pela prática do sexo solitário.
E sofre.

Os vários Brasis de *Doidinho*

Além do discurso memorialista de tom confidencial, que aproxima o leitor dos sentimentos e emoções do narrador, pela voz de Doidinho, o leitor acompanha também transformações do Brasil.

A transformação do *Carlinhos* – como era chamado em casa – no aluno identificado pelo nome e sobrenome não é a única transição que o leitor acompanha no livro.

Junto com Doidinho, o Brasil muda.

A passagem do menino *Carlos* para *Carlos de Melo* do internato traz os prenúncios da decadência da cultura açucareira, da falência do patriarcado rural nordestino (do qual o avô de Doidinho é requintado exemplo), da passagem do *engenho* para a *usina*. Não sem razão, a crítica costuma considerar esse livro – ao lado de alguns outros romances de José Lins do Rego – como parte de um ciclo, que se intitula *ciclo da cana-de-açúcar*.

Nos anos trinta do século passado, a cultura da cana-de-açúcar já tinha uma longa história no Brasil. Foi ainda no século XVI que se iniciou seu plantio, matéria-prima do açúcar, produto de exportação da colônia portuguesa, primeiramente produzido em engenhos, com tecnologia muito primitiva. Ao tempo em que a história de *Doidinho* se passa, a economia brasileira repousava na exportação do açúcar, mas o modo de produção começava a modernizar-se, substituindo-se o *engenho* pela *usina*.

Uma passagem do livro registra o momento em que o narrador, numa conversa com colegas, percebe essa passagem de um modo de produção para outro:

> — Eu vi a usina Cumbe. O açúcar lá sai branco. Usina, sim, que é bonito pra se ver. Você nunca viu usina.
> Ouvira falar das usinas pelos moradores que voltavam da de Goiana. Quando ele me dizia que as moendas puxavam a cana numa esteira, eu me espantava. Via no engenho os negros tombando cana, feixe por feixe. Na usina a esteira puxava para a moenda, sem ninguém empurrar. Era só sacudir a cana em cima. [...] Me encantava a notícia dessa engrenagem das usinas. Pensava nos trens, nas maquinazinhas de brinquedo, puxando vagões de cana por dentro dos partidos.
> [...]
> A verdade é que as usinas já estavam ali para humilhar os banguês do meu avô.

Senhores de engenho como José Paulino, o avô de Doidinho, enriqueciam com a cultura canavieira, com a cana moída em engenhos tocados por trabalhadores cujo regime de trabalho era muito próximo à escravidão. A abolição recente não tinha apagado a macabra herança escravocrata nem as práticas de beneficência nela instituídas, muitas vezes assumidas e proclamadas como generosidade dos senhores de engenho.

Nesse aspecto, esse romance de José Lins do Rego envolve, numa bela história, a teoria que, em estilo ensaístico, Gilberto Freyre expõe no seu clássico *Casa-grande & senzala*, livro lançado simultaneamente ao romance *Doidinho*.

Outra passagem do livro registra o momento em que Doidinho percebe a diversidade de Brasis que o cercam, seus olhos se abrindo para a realidade que tinha vivido – talvez sem compreender – no engenho do avô.

Ele recorda e analisa a trajetória dos filhos dos trabalhadores:

> Em pequenos achavam graça no que os molequinhos diziam. Amimávam-nos como aos cachorrinhos pequenos. Iam crescendo, e iam saindo da sala de visitas. E quanto mais cresciam mais baixavam na casa-grande. Começavam a lavar cavalos, levar recados. [...]
> [...] Pensei, engolindo a minha farta comida, na miséria da casa do Riachão, na farinha seca de Andorinha. Na cozinha a negra Generosa distribuía a ração dos pastoreadores, descompondo. O mesmo para variar: carne do ceará com farinha seca.

Doidinho, literatura e história do Brasil

Doidinho, ao lado de obras de Jorge Amado (1912-2001), Graciliano Ramos (1892-1953), Rachel de Queiroz (1910-2003) e alguns outros, é considerada uma das grandes obras representantes do romance regionalista nordestino.

A história que o livro conta ilumina a história brasileira de seu tempo.

Os anos trinta e quarenta do século passado – que viram a publicação dos vários livros de José Lins do Rego que integram o chamado *ciclo da cana-de-açúcar* – marcam a transição do agronegócio brasileiro para um modelo econômico que cada vez mais se distanciava do modelo que tinha vigorado nos séculos anteriores.

A substituição do engenho pela usina mencionada no romance, na concretude dos prédios que os representam, pode sugerir bem mais do que o mero registro dessa transição. Pode também ser lida como uma metáfora de valores e de modos de vida que se substituem e se atropelam. E o desajeito do protagonista narrador para gerenciar sua vida talvez também possa ser lido como algo que ultrapassa a experiência individual de Carlos de Melo.

Se tal leitura é possível, fica para José Lins do Rego, entre outros méritos, ter escrito – entre muitas outras – uma obra como *Doidinho*, tão apreciada pelo público desde seu lançamento quanto reconhecida pela crítica. E para isso talvez não seja indiferente o fato de o livro contar uma história coletiva – um pedaço da história do Brasil – pela voz de um jovem afastado dos grandes centros.

DOIDINHO

A Augusto Frederico Schmidt,
Aurélio Buarque de Holanda Ferreira
e Valdemar Cavalcanti.

1

— Pode deixar o menino sem cuidados. Aqui eles endireitam, saem feitos gente – dizia um velho alto e magro para o meu tio Juca, que me levara para o colégio de Itabaiana. Estávamos na sala de visitas. Eu, encolhido numa cadeira, todo enfiado para um canto, o meu tio Juca e o mestre. Queria este saber da minha idade, do meu adiantamento. O meu tio informava de tudo: doze anos, segundo livro de Felisberto de Carvalho, tabuada de multiplicar.

— Então não esteve em aula desde pequeno, pois aqui tenho alunos de sete anos mais adiantados.

Já me olhava como se estivesse me repreendendo.

— Mas o senhor vai ver: com um mês mais, estará longe. Eu me responsabilizo pelo aluno. O menino de Vergara chegou aqui de fazer pena: não sabia nem as letras. E está aí.

E gritou para dentro de casa:

— Emília, mande aqui o senhor Francisco Vergara.

Depois, para o tio Juca:

— Esse que o senhor vai ver é o pior aluno do meu colégio. Chegou-me que nem sabia soletrar. Um vadião de marca.

E com pouco entrava um menino de minha idade, moreno, gordo. Vinha com medo, os olhos assustados.

— É este. Hoje já pode escrever uma carta. Deu-me o que fazer. Quisera que o senhor o visse no primeiro dia de aula, gaguejando. O pai perdeu um dinheirão no colégio dos padres; botou-mo aqui desenganado. Quando voltou para as férias de São João, recebi uma carta do velho, espantado. Dizia-me que o menino já sabia mais do que ele. Deus sabe o trabalho que me deu.

O menino já se sentia outro com as palavras pacíficas do velho. Passara-lhe o susto, me olhava como a um companheiro.

— Mas, olhe – dizia o diretor —, não tome o exemplo dele. É um peralta. Quero que o senhor estude e se aplique. Menino bom é meu amigo, sou um amigo do aluno estudioso. Pode ir lá para dentro com o senhor Vergara.

E o meu tio me chamou para o abraço. Parecia que me deixava de vez, porque foi com o coração partido que me cheguei para perto dele.

— Estude. Em junho venho lhe buscar.

Saí chorando. Era a primeira vez que me separava de minha gente, e uma coisa me dizia que a minha vida entrava em outra direção.

O colégio de Itabaiana criara fama pelo seu rigorismo. Era uma espécie de último recurso para meninos sem jeito. O Diocesano não me aceitara porque estava de matrícula encerrada. Lembraram-se do colégio do seu Maciel, como era conhecido nos arredores o Instituto Nossa Senhora do Carmo. Lá estiveram os meus primos uns dois anos. Voltaram contando as mais terríveis histórias do diretor. Um judeu. Dava sem pena de palmatória, por qualquer coisa. Era ali onde estava agora.

O menino gordo me levou para o quarto de dormir. Era preciso mudar de roupa. O colégio estava vazio. A meninada saíra para a feira com os pais. A casa-grande, com um salão cheio de tamboretes, e uma cadeira de braços em frente de uma mesa, em cima de um estrado. Fiquei por ali, com essa dor pungente de quem se sente isolado no mundo. Não tinha de quem me aproximar. Foi quando uma mulher meio velha me chamou:

— Você é primo de Silvino? Era um menino danado, inteligente como ele. Está fazendo figura no Diocesano. O Maciel dava-lhe muito. Tudo por comportamento. Por causa de lição nunca apanhou neste colégio. Foi o melhor aluno de aritmética que tivemos até hoje. O outro irmão não dava para nada. O Maciel se cansava, inchava-lhe as mãos de bolo, mas era o mesmo que nada. Você parece que é bonzinho. Está é muito atrasado.

 Era d. Emília, a mulher do diretor.

 Depois começaram a chegar os meninos, uns dez internos. Passavam por mim dizendo: é um novato. E iam-se lá para dentro com as mãos cheias de embrulhos. Traziam os bonezinhos pretos com as iniciais do colégio INSC – Instituto Nossa Senhora do Carmo. Eu tinha também que comprar meu bonezinho preto, com a pala caída sobre os olhos e as letras douradas. A farda do colégio Diocesano, sim, que era bonita. Farda mesmo de soldado, com quepe e dragonas de oficial.

 Foram-se chegando os colegas:

 — É do Pilar? Primo do Silvino? – me perguntava um mais velho. — O meu pai conhece muito o seu avô; compra gado a ele. Eu sou do Sapé. Estive com o Silvino aqui no colégio um ano. Zé Baú, o irmão dele, apanhava que só cachorro. Seu Maciel não tinha pena. O velho é uma peste: por qualquer coisa está dando na gente. O Chico Vergara da Paraíba chega a ter a mão azul de bolo: é de manhã e de noite.

 Estavam chamando para o jantar. Descemos uma escada para a sala de refeições. Uma mesa grande para todos. O seu Maciel na cabeceira, d. Emília e o pai dela de lado, e a negra Paula servindo. Quando me botaram o prato de feijão, recusei:

 — Não gosto de feijão.

 — Pois é o que o senhor tem de comer aqui todos os dias.

 Engoli, com um nó na garganta, a minha primeira boia de prisioneiro.

— Se o senhor quiser escolher comidas, vá para o hotel.

Isto com uma voz seca, estridente, atravessando o interlocutor de lado a lado.

O resto dos meninos olhando para o prato, devorando a ração num silêncio de igreja. Pareceu-me aí o diretor uma figura de carrasco. Alto que chegava a se curvar, de uma magreza de tísico, mostrava no rosto uma porção de anos pelas rugas e pelos bigodes brancos. Tinha uns olhos pequenos que não se fixavam em ninguém com segurança. Falava como se estivesse sempre com um culpado na frente, dando a impressão de que estava pronto para castigar. A mulher, com uns olhos azuis e uns cabelos de inglesa, era bem mais simpática. Percebia-se também que a fúria de seu marido ia até as intimidades domésticas. O pai, o seu Coelho, era um boêmio, uma dessas velhices que trazem sempre consigo o pouco juízo da mocidade. Mas tudo isto eu viria a perceber depois.

Quando saí da mesa os meninos me cercaram. Ainda com os olhos vermelhos do choro, respondi às perguntas. Um deles queria saber dos meus estudos; um outro, se trazia coleção de selo, quanto trouxera em dinheiro.

— Quando entrei no colégio, meu pai me deixou com quatro mil-réis, e todas as terças-feiras eu recebia merendas.

— Ele vai dormir no nosso quarto; botaram a cama dele perto da de Aurélio.

Perguntaram também pelos meus pais, se eu era de engenho ou se voltaria para passar a semana santa em casa. E todo este inquérito ia desviando as minhas preocupações. O nosso recreio era situado numa nesga de quintal, e o único jogo permitido, a conversa. O diretor, numa preguiçosa, lia jornais. Um dos meninos conhecia meu avô, minha família:

— O avô dele tem nove engenhos. Meu pai vota com ele nas eleições. É o velho Zé Paulino do Santa Rosa.

Um magro procurava saber se a minha roupa preta tinha sido feita por alfaiate. E começaram a contar histórias da feira. Um havia almoçado no hotel com o pai. E davam notícias: "vão botar luz elétrica em Itabaiana"; "Chegou um circo para o pátio da cadeia". E tinham ido à estação, aos Altos Currais, ao bilhar do Comércio, andado de bicicleta. Tudo isto me fazia esquecer a dura realidade do colégio do seu Maciel.

Já ao escurecer me chamaram:

— Seu Maciel quer falar com o Carlos de Melo.

Era a primeira vez que me chamavam assim, com o nome inteiro. Em casa, era Carlinhos, ou então Carlos, para os mais estranhos. Agora, Carlos de Melo. Parecia que era outra pessoa que eu criara de repente. Ficara um homem. Assinava o meu nome, mas aquele Carlos de Melo não tinha realidade. Era como se eu me sentisse um estranho para mim mesmo. Foi uma coisa que me chocou esse primeiro contato com o mundo, esse dístico que o mundo me dava. A gente, quando se sente fora dos limites da casa paterna, que é toda a nossa sociedade, parece que uma outra personalidade se incorpora à nossa existência. O Carlos de Melo que me chamavam era bem outra coisa que o Carlinhos do engenho, o seu Carlos da boca dos moradores, o Carlos do meu avô.

O diretor mandou-me sentar junto a ele. Ia-me submeter a um exame ligeiro. Fez-me umas perguntas de tabuada que eu mal respondia com o susto.

— Vá buscar o seu livro de leitura.

Voltei com o meu segundo livro de Felisberto de Carvalho. Li para ele ouvir a lição do começo; li em sobressalto, trocando os nomes, com o livro tremendo nas mãos.

— O senhor não sabe nada. A sua lição de amanhã é esta mesmo. Pode ir lá para dentro, onde estão os outros.

D. Emília foi que me disse:

— Vou tomar conta de você.

E voltando-se para o velho:

— Ele passa para a minha classe, Maciel.

— Não, fica comigo mesmo. Está muito atrasado. Fica comigo.

Dizia isto com as mãos para trás, por cima do espaldar da cadeira, e com as pernas cruzadas. Ainda era mais magro assim, espichado na espreguiçadeira, com os olhos fechados sob um boné de pano mole.

Lá fora os meninos indagavam para que me chamara ele.

— Chico Vergara no dia em que entrou no colégio levou uns bolos – diziam. — Emperrou para Seu Maciel.

A conversa toda agora era sobre um sargento que viria formar um tiro no colégio. Falavam da farda que iríamos ter. Uns achavam bonita a branca do Diocesano; outros queriam a amarela do tiro, com o chapéu acabanado de lado. A grande alegria de todos ali estava na esperança dos exercícios militares. Eu também já me sentia na intimidade dessas ambições. Chico Vergara, que fora do Diocesano, contava dos passeios que o colégio fazia, com tambor e corneta, pelos arredores da Paraíba. As carabinas eram mesmo de atirar. As nossas seriam de madeira. Tinha a impressão de que já vivia com aquela gente há um mês.

— Podem ir para a calçada – disse lá de dentro o diretor.

Saímos, cada um com o seu tamborete. Até as nove horas ficava o internato tomando ares na rua. Podia-se passear de dois em dois. Comprava-se rolete de cana e pão sovado.

O diretor dava o seu passeio pela cidade; e era como se o terror tivesse ido embora. Mas qual!, ficava a sua sombra, um decurião, tomando conta da gente.

— Seu Filipe, olhe estes meninos. O senhor é o responsável: da menor coisa tome nota. Não permita gritaria nem palestras com gente de fora.

O decurião ficava, legítimo representante da tirania, excedendo-se em zelos, provocando mesmo incidentes para o relatório do outro dia.

Às nove horas nos recolhemos para dormir. Dormir com a cama preparada por mim, com lençóis que eu mesmo tirara da mala, fora do meu quarto do Santa Rosa!

Na cama começavam a chegar os meus pensamentos. Éramos seis no quarto pequeno de telha-vã. Ninguém podia trocar palavras. Falava-se aos cochichos, e para tudo lá vinha: é proibido. A liberdade licenciosa do engenho sofria ali amputações dolorosas. Preso como os canários nos meus alçapões. Acordar à hora certa, comer à hora certa, dormir à hora certa. E aquele homem impiedoso para tomar lições, para ensinar à custa do ferrão o que eu não sabia, o que não quisera aprender com os meus professores, os que não me davam porque eu era neto do coronel Zé Paulino. Agora não havia mais disso. Era somente um Carlos de Melo como os outros, menino atrasado, no segundo livro de leitura, quando existiam menores no *Coração*. E aos poucos, como uma dor que viesse picando devagarinho, a saudade do Santa Rosa me invadiu a alma inteira. O meu avô, os moleques, os campos, as negras, o gado, tudo me parecia perdido, muito de longe, de um mundo a que não podia mais voltar. E comecei a chorar mordendo os travesseiros. Mas o choro era daqueles que violam o silêncio, e cortei os soluços na garganta.

— Que barulho é este aí? – perguntaram lá da sala. — É o novato que está chorando.

D. Emília veio saber por quê.

— Você já tem tamanho para não estar com choro assim. Durma, menino; amanhã você nem se lembra mais de casa.

E me passou a mão pela cabeça, com uma carícia indiferente, sem calor, uma carícia profissional de mulher de diretor.

Dormi com um sono aperreado. Sonhei que estava no colégio, que ia ficar ali a vida inteira. Acordei no meio do sonho, como para me assegurar de que aquilo era mentira. Mas não era não. Fiquei acordado um tempão, imaginando, e dormi outra vez.

Despertei com os meninos a se levantarem da cama, bem de manhãzinha. Dobramos os lençóis, e saímos com a bacia e o copo. Na sala de jantar, sentado na espreguiçadeira, estava o seu Maciel. Cada um passava por ele e apertava-lhe a mão, dando bom-dia. Lavava-se o rosto, porque banho só tínhamos duas vezes por semana.

O decurião Filipe começou a relatar os acontecimentos irregulares da noite anterior: o Chico Vergara estava impossível; o seu Heitor dando cocorotes nos outros.

— Deixe estar – respondia o velho. — Na aula eu falo com eles.

Depois, o café com bolacha seca, um café que fez saudades das tapiocas e dos cuscuzes do Santa Rosa. E todos seguimos para o salão de estudos.

Com pouco mais, lá chegava o diretor, olhando para os cantos, espreitando alguma coisa. Sentava-se na cadeira de braços.

— Senhor Francisco Vergara.

O menino levantou-se, e ficou em pé diante dele. Com uma palmatória na mão, lá ia dizendo o diretor:

— O senhor sabe que eu não quero moleques aqui; o senhor não se emenda. Venha para cá, seu atrevido.

E o bolo estalou na sala. Por dentro de mim corria uma onda de frio.

O menino voltou para o seu canto, com os olhos nadando em lágrimas.

— Senhor Heitor!

E as mesmas palavras, e as mesmas lágrimas derramadas.

Quando ouvi — Senhor Carlos de Melo! – foi como se me chamassem para uma surra. Levantei-me tremendo.

— Sente-se aqui! Leia sua lição.

Fui lendo sem saber o quê. "Júlia, a boa mãe". Mas truncava tudo, pulando as linhas.

— É o cúmulo – gritava o velho — deixar-se um menino deste tamanho sem saber nada. Só bicho se cria assim. Por que está o senhor chorando? Volte para o seu canto. Mais tarde vou-lhe tomar a lição outra vez.

Voltei não vendo ninguém na frente. Sentei-me, e pingavam em cima de "Júlia, a boa mãe" as minhas lágrimas compridas.

Iniciava assim o meu curso doloroso contra a ignorância.

Com o livro entre as pernas, lia a minha lição palavra por palavra. Era a história de uma mãe que queria divertir o seu filho.

Havia um gato e um novelo de linha. A figura mostrava o menino gordinho numa cadeira alta e a mãe brincando com o gato. Tudo aquilo para que o filho sorrisse. Não sei por que, achava aquela Júlia parecida com a minha mãe. Esta deveria fazer o mesmo comigo; tudo daria também para que o seu filho sorrisse.

Principiavam a chegar os externos. Entravam apertando a mão do diretor, colocando-se em seus cantos.

Seu Maciel dirigiu-se a um que entrava por último:

— Senhor Pedro Muniz, o senhor não sabe que eu não permito aluno meu andar fumando na rua?

— Sei, sim senhor.

— Passe-me para cá, seu sem-vergonha.

E o bolo cantou outra vez. Este não chorou. Foi vermelho para o seu lugar, mordendo os beiços, olhando para os outros com cara de raiva.

A sala se enchera. O professor tomava a lição das classes. D. Emília tinha os menores com ela. Mas ensinava também gritando. Corrigia os erros da leitura num tom de voz de reprimenda.

Depois do almoço ficava-se uma meia hora de descanso. Comi com a comida amargando na boca, e no recreio fiquei para um lado. Os meninos batiam boca, discutiam. Qualquer coisa, porém, me arrastava do meio deles: era o pavor da lição que iria dar. Uma impressão de terror oprimia-me todo. O velho Coelho conversava com os maiores:

— Filho meu não apanhava assim. O Maciel bate neste Vergara todos os dias. O diabo do menino não se corrige; mas todos os dias assim é demais.

Ninguém dava uma palavra à observação do velho. Não se gostavam, o sogro e o genro.

De tarde fui dar minha lição. Levava o coração aos saltos, como nas noites em que acordava com o quarto às escuras. Muitas vezes a velha Sinhazinha me deixava esta impressão de pavor. Com a velha, porém, havia jeito de fugir às suas iras. Aqui mudava muito para pior. Errei a lição toda. Sabia quase que decorada a história de "Júlia, a boa mãe". O medo, no entanto, fazia a minha memória correr demais; e saltava as linhas.

— Leia devagar. Para que esta pressa?

Foi pior. A língua não me ajudava. Quando vi foi ele com a palmatória na mão.

— Levante-se.

Não soube mais o que fiz. Senti as mãos como se estivesse com um formigueiro em cada uma. Como o Chico Vergara, apanhava no meu primeiro dia de aula.

Dos externos só restava um na sala, e eu também, até dar certa a minha lição. No salão deserto, a minha angústia crescia ainda. Apanhava no primeiro dia, e fora tudo num instante, nem sei como. Quando a velha Sinhazinha me pegara uma vez, a casa toda ficara comigo. A minha vaidade de menino se enchera com essa dedicação. Ali fora com indiferença geral que a palmatória tinira nas minhas mãos. Talvez porque o castigo não fosse uma exceção naquela casa, apanhava-se todos os dias.

Na parede da sala havia um quadro grande, representando a subida de Cristo aos céus. Parecia que estava ali para uma profanação. Jesus veria surrados todos os dias aqueles mesmos que queria que fossem a Ele, porque era deles o reino dos céus.

Mas eu não pensava nisto olhando a imagem, eu pedia, sim, que ela me fizesse voltar para casa, que os dias corressem, que as semanas voassem. Antes do jantar, d. Emília me veio tomar a lição. Dei-lhe certinha, sem um erro, do começo ao fim.

— Por que você não leu assim para o Maciel?

E depois:

— Vá lavar o rosto para jantar. Fazem do Maciel um bicho.

E quando passei pela sala de jantar, lá estava ele espichado na cadeira preguiçosa, com os olhos fechados e os ouvidos abertos às conversas dos meninos no alpendre.

2

Fazia um mês que eu chegara ao colégio. Um mês de um duro aprendizado que me custara suores frios. Tinha também ganho o meu apelido: chamavam-me de Doidinho. O meu nervoso, a minha impaciência mórbida de não parar em um lugar, de fazer tudo às carreiras, os meus recolhimentos, os meus choros inexplicáveis, me batizaram assim pela segunda vez. Só me chamavam de Doidinho. E a verdade é que eu não repelia o apelido. Todos tinham o seu. Havia o Coruja, o Pão-Duro, o Papa-Figo. Este era o pobre do Aurélio, um amarelo inchado não sei de que doença, que dormia junto de mim. Vinha um parente levá-lo e trazê-lo todos os anos. Em São João não ia para casa, e só voltava no fim do ano porque não havia outro jeito. A família tinha vergonha dele em casa. Nunca vi uma pessoa tão feia, com aquele corpanzil bambo de papangu. Apanhava dos outros somente com o grito: Vou dizer a seu Maciel! Mas não ia, coitado. Nem esta coragem do enredo ele tinha. Dormia com um ronco de gente morrendo e a boca aberta, babando. Às vezes, quando eu acordava de noite, ficava com medo do pobre do Aurélio. Ouvia falar que era de amarelos assim que saíam os lobisomens. Certas ocasiões, não podia se levantar, e dias inteiros ficava na cama, com um lenço amarrado na cabeça. E o seu Maciel não respeitava nem esta enfermidade ambulante: dava no pobre também. Era mais por estudos. O Papa-Figo não aprendia nada. Estudava num livro em pedaços, de tão velho, e não passava para outro. A mala dele, no entanto, fazia gosto: arrumadinha e fechada. Tinha no fundo a estampa de um santo. Mas ninguém tocasse nela quando ele a abria. Era toda a sua razão de ser, aquela mala.

Um dia me contou que o pai se casara a segunda vez, que a madrasta não gostava dele. Foi o bastante para que eu lhe ficasse querendo bem. A história da menina enterrada, a opressão que nós todos sofríamos no colégio, me fizeram um camarada de Aurélio. Para ele também era o mesmo se eu lhe quisesse mal. Aos exercícios militares não o deixavam ir. Tinham nojo dele. Mal pegava numa coisa, ninguém a queria comer. Tinha um caneco próprio para beber água. E diziam que os panos da cama dele fediam.

O Pão-Duro era um menino da Guarita, Manuel Mendonça. Ganhara o nome pela somitiquice. Recebia de casa latas de doces, que trancava na mala. Comia no recreio, e nunca ninguém provou um pedaço dado por ele. O diretor foi à sua mala e encontrou uma quitanda lá dentro, e uns pães velhos, de dias, murchos, mais duros do que ferro. Sacudiram no quintal. Eu ainda não estava no colégio nesse dia. Foi assim que o somítico ganhou o apelido de Pão-Duro. O pai era marchante de gado. De vez em quando passava pelo colégio na frente da boiada. Pão-Duro não gostava destas passagens humilhantes, porque os meninos vinham lhe perguntar, mangando, de quem o pai dele era vaqueiro. Ninguém mesmo gostava dele. Enredava de tudo:

— Seu Maciel, seu Vergara está me chamando Pão-Duro.

— Seu Zé Augusto está mangando do meu pai.

Era uma espécie de agente provocador de bolos.

O Coruja, não: um bom em tudo. Pegara o apelido por causa da cara redonda e dos olhos miúdos. Há três anos que estava no colégio, e apanhara somente umas três vezes. Era um recorde.

O Zé Augusto vivia mais comigo nos meus primeiros dias de internato. Conhecia o meu avô: o pai morava perto do Santa Rosa. E a fama do velho Zé Paulino corria mundo. Gostávamos de ficar conversando sobre coisa nenhuma, neste ingênuo bate-boca de menino. Contava-me que ia passar a semana santa em casa. A melhor notícia que se podia ter por ali era esta: ir para casa. As férias seriam em abril, e se falava delas em janeiro, como se fossem na outra semana. Eu só voltaria em São João. Seis meses, 180 dias. Ele recebia cartas de casa, de sua mãe. Estava ela muito doente dos olhos, e lhe mandava um caixão com frutas e latas de doce.

Somente Aurélio e eu não recebíamos nada de casa. Há um mês ali, e nem um recado. Isto me diminuía, me dava a impressão de que fosse um abandonado, um esquecido, sem ninguém que guardasse de mim uma recordação qualquer. Até o Vergara, o pior aluno, recebia coisas de casa, e vinha um correspondente visitá-lo, e passava os domingos fora. Eu e Aurélio, a sofrermos uma exceção que me magoava. Papa-Figo nem se importava. As injustiças do mundo não lhe mereciam uma reclamação. Ele não sentia, não se julgava intimamente; a crueldade do destino parecia-lhe indiferente. A sua alma não era capaz nem de alegrias nem de pesares. Que lhe importava uma visita, uma carta, um agrado dos outros? Mas eu gostava dessas coisas. Sonhava com uma mãe que me escrevesse, com a visita que me viesse buscar para as feiras, que me mandasse latas de doce.

Uma vez, numa terça-feira, me encontrei sozinho com Aurélio no colégio. Todos haviam saído.

Trepamos nas cadeiras para olhar a rua por cima das rótulas. Passava gente com cestas voltando da feira. E um moleque gritou para Aurélio:

— Olha o Papa-Figo!

E o pobre bateu a janela à vaia miserável. Até de fora a impiedade humana castigava a sua desventura. Agarrei uma tampa de vidro de tinteiro e sacudi no atrevido. Pegou na cabeça, e o sangue desceu. Correu gente para a porta do colégio.

— Um menino do colégio quebrou a cabeça do criado do doutor Bidu.

Quando vi o sangue, corri aterrorizado para o quarto de dormir, com o pavor de quem fugisse de uma multidão perseguidora.

Ouvia o barulho na porta da rua.

— Mandem chamar o professor Maciel.

E d. Emília gritando para não sei quem:

— O menino não fez por gosto. Maciel chega já.

Era como se me dissessem:

— O seu carrasco já vem.

Deitei-me na cama porque as pernas não me seguravam mais.

O meu sangue corria frio pelo corpo. O coração aos pulos, como se eu tivesse dado uma carreira de léguas.

— Onde está esse doido?

Foi o que eu ouvi, vindo lá de fora. Vinha chegando o meu suplício. Os minutos agoniados dos que esperam a hora da morte na forca deviam ser assim, com este tremor do corpo todo e esse amolecimento de todas as fibras.

— Seu Carlos de Melo, seu Aurélio, passem-se para cá.

Caminhei para o patíbulo, com pernas que pareciam não ser as minhas, e não sei se os olhos cheios de lágrimas viam alguma coisa. Ouvi foi o diretor:

— Que é que o senhor pensa que é isto aqui? Conte-me como foi isto.

Estava contando tudo sonâmbulo, quando bateram na porta. Era o dr. Bidu.

— Não castigue os meninos, professor. Contou-me agora mesmo uma pessoa que vinha com o moleque, que o safado insultara as crianças. É um favor que o senhor me faz: não os castigue.

— Está bem: atendo ao seu pedido. Mas esses atrevidos procederam pior que o seu criado. Não tinham que sacudir pedradas, isto aqui não é aula de capoeiras.

— Deixe os meninos – disse o dr. Bidu, rindo-se.

— Podem sair, fica para outra vez.

Queria com isto dizer somente: esta surra de bolos está adiada.

Na cozinha a negra Paula também se queixava do moleque:

— Vive chamando nome a todo mundo. Foi bem feito.

Mas eu não me considerava absolvido. Tinha-me dado o velho um livramento condicional. Aquela tempestade, os ventos haviam levado para longe, porém voltaria. Só dependia de pequenino acidente. A atmosfera não se descarregara. Mesmo, aquela atmosfera nunca a vimos leve, em dias claros. Havia sempre nuvens pesadas nos ameaçando. Às vezes um céu limpo, mas um escuro no horizonte fazia estourar trovoadas.

No outro dia, na aula, a tempestade caiu em cima de mim sem piedade.

— Venha para a lição, seu Carlos de Melo.

Com um mês, me adiantara de verdade: lia corrente. Agora, porém, a coisa era outra. Os meus nervos, como as dores dos reumáticos, pressentiam de longe o tempo ruim. Fui tremendo para a lição. Estava quase no fim do livro, na história de um diabo de esporas compridas e barbichas longas, que fora tentar um rapaz. Ele queria que o jovem espancasse a irmã e matasse o pai. Mas, fugindo da tentação, o rapaz achava a coisa mais cruel do mundo isto que lhe pedia o capeta.

— Então entrega-te ao vício da embriaguez.

E o rapaz, bêbedo, fez tudo o que o demônio queria.

A lição saíra sem um erro. Tremida, mas certa. Fui sentar-me com a impressão de que tivesse andado em uma corda por cima de um abismo. Mas aquele diabo do livro estava ali para me tentar. José Augusto, que se sentava perto de mim, fez um sinal que eu não compreendi. Perguntei-lhe o que era.

— Passe para cá, seu Carlos de Melo.

O diretor surpreendeu-me.

— Que conversas são estas? Não quero maroteiras aqui.

E seis bolos cantaram nas minhas mãos. Fiquei de pé na frente da mesa, oprimindo os soluços que se elevavam com o protesto de minha sensibilidade machucada.

— Seu doudo (ele não chamava doido), quer fazer do meu colégio bagaceira de engenho. Está muito enganado.

E a palmatória exposta em cima da mesa, pronta para a ação, com o cabo torneado como objeto de arte.

— Aquele outro babaquara me paga!

Não se ouvia nem um sussurro no salão, enquanto essas fúrias chegavam às suas explosões violentas. Cada um sentia-se um condenado ao castigo, embora a mais cândida inocência o envolvesse. E mesmo não havia inocentes entre todos aqueles que o Senhor chamava com tanto gosto ao seu regaço. Talvez que tivesse razão a pedagogia do velho em descobrir em cada um de nós um pequeno monstro em formação. O seu sistema de educar, a ferro e a fogo, sem dúvida que lhe aconselhava a experiência de meio século de trato com anjos.

Tomava a lição das classes: geografia, história do Brasil, aritmética.

— Vá à pedra, seu Olívio.

Ia o menino para os problemas e as figuras da geometria.

— Leia.

Era um pedaço da *Seleta clássica,* que até me divertia. Lá vinha o Paquequer rolando de cascata em cascata, do trecho de José de Alencar. Havia um pedaço sobre Napoleão. Napoleão que eu conhecia era o de Pilar; mas aquele tinha todos os caracteres e todas as religiões: católico na França, protestante na Alemanha, muçulmano no Egito. A "Queimada" de Castro Alves e o "há dois mil anos te mandei meu grito" das "Vozes da África". E a história do lavrador que antes de morrer chamara os filhos para um conselho. Mandou que um quebrasse um frágil pedaço de pau; e o filho quebrou. Dois pedaços, e ainda o segundo filho quebrou. Depois um feixe, que nem todos três rapazes reunidos puderam partir. Esses trechos da *Seleta clássica,* de tão repetidos, já ficaram íntimos da minha memória.

— Vá sentar-se.

Há duas horas que estava de pé. As mãos inchadas dos seis bolos, e uma consciência limpa de culpa recalcando uma raiva de morte contra um tirano. Apareceu um homem, começava assim aquela história sobre Napoleão, que encheu o universo de terror e completou o catálogo dos crimes. Ele não sabia o que era piedade: matava exércitos, ensanguentava o mundo. O seu Maciel seria assim cruel, sem pena de ninguém, como aquele Napoleão.

No almoço não quis comer.

— Como? O senhor não quer comer? Era o que me faltava: um genista no meu colégio! Bote a comida para ele. Quero só ver isto!

Engoli, temperada com o sal de minhas lágrimas, a magra carne de sol com farofa de todos os dias.

No recreio ninguém se aproximou de mim. Era uma espécie de lázaro o aluno mais recente nas iras do diretor. Ninguém procurava ligações com o oprimido. Mas Coruja era um bom. Chegou-se para mim:

— Carlos.

Era a primeira vez no colégio que me chamavam assim, o meu nome só, limpo, como se fosse na boca de gente do Santa Rosa.

Vinha me dar um pedaço de doce.

— Domingo meu pai vem me ver. Vou pedir a seu Maciel para você sair comigo.

Conversou mais tempo, falou-me da irmã, que voltara do colégio doente. Ela tinha um olho cego, furado numa brincadeira com ele, quando eram bem pequenos. Coitado do Coruja! Havia esta mágoa profunda dentro dele: a irmã cega de um olho por culpa sua. Eu só sei que a consolação das minhas dores ele me trouxe, derramando o óleo de suas confidências sobre as minhas feridas abertas.

Os outros meninos passavam de longe. Faltava-lhes coragem para amparar um colega caído no ostracismo. Se não fosse o coração generoso do Coruja, essa história de solidariedade humana não seria mais do que uma conversa. D. Emília nem sequer me olhou. E a negra Paula, fora ela quem contara ao diretor que eu não queria comer. José Augusto passando de longe, como os outros. E, no meu canto sentado, via Coruja crescendo no meio daquela gente pequena, como um grande, um forte, com a sua superioridade de se encostar a um degradado, de trazer-lhe a sua simpatia de irmão mais feliz.

Havia no mundo gente assim e gente como os outros, os Pão-Duro, os José Augusto. Entrava-me pelos olhos adentro a evidência cruel dessas desigualdades. Nós éramos dez, e destes dez um somente se desgarrava da covardia, me procurando com o único interesse de me consolar, derramando pela minha alma arranhada as doçuras e as sinceridades de sua alma.

— Eu queria que você escrevesse uma carta lá pra casa, Coruja. (Não sabia chamá-lo pelo seu nome; o apelido se identificara tão intimamente com ele, que nem ligava mais importância ao José João da sua assinatura.) Quero que você escreva contando tudo.

— Se seu Maciel souber, lhe mata de dar.

— Não, o meu avô me manda tirar do colégio.

E ele me escreveu a carta, que foi por um externo para o correio.

3

Passei dias esperando a resposta. Sonhava com o velho Zé Paulino na sala de visitas do colégio, discutindo com o diretor. E ouvia diálogos de um avô defendendo o neto contra o seu algoz:

— Não lhe mandei o menino para cavalo de matuto. Isto não é colégio: é pior que Marinha. Quero levar ele daqui. Arrume a mala, seu Carlos, vamos embora.

Mas eram uns diálogos de sonho. Ninguém se importava comigo, pensava nos meus silêncios. Era como o Aurélio, um sacudido ali para descanso dos que ficavam em casa. Sentia raiva da minha gente. E não era que estivesse no fim do mundo. Itabaiana estava a um salto do Santa Rosa. E dias e dias, e nem uma linha de resposta. Estava escrito, porém, que aquela carta me daria muito que fazer.

Numa terça-feira me chamaram:

— Tem um velho na sala de visitas lhe esperando. Corri ansioso para lá. Beijei a mão cheia de veias do velho Zé Paulino. Já estava em conversas com o diretor:

— Não me importo que dê no menino. Botei aqui para aprender, e menino só aprende mesmo é com castigo. Agora o que não admito é judiação. Isto não. Prefiro deixar na bagaceira. Isto não.

— Não há judiação, coronel. Só castigo quando há precisão. Pelo meu colégio tem passado muita gente e todos ficam meus amigos. O senhor está mal informado. Não vá atrás de cartas de aluno. O que eles querem é vadiar, e mentem, e inventam. Luto há cinquenta anos com essa gente.

— Bem, bem – lhe respondia o meu avô. — Acredito no que o senhor diz. Quero que o menino saia comigo hoje.

Mandaram me preparar. Abria-se para mim, de repente, um céu. A história da carta pouco me preocupava, só pensando na saída. A minha alma lavava-se de todas as injustiças e de todas as mágoas. O velho José Paulino já me esperava. Vinha com o seu chapéu do chile de abas largas, o seu correntão de ouro e o seu paletó preto, todo em grande gala. Os meninos veriam quando eu saísse com ele. Já não podia dizer que eu era como o Aurélio: o meu avô estava ali para me elevar dessa classe infeliz dos esquecidos, dos sem-amor dos parentes, dos que não recebiam visitas de casa. Vencera uma batalha naquele dia, desgarrando-me assim de todas as humilhações sofridas. Na rua a liberdade sorria-me como a um namorado. Pela primeira vez estava vendo a cidade, a rua do Comércio cheia de gente na feira, o jardinzinho da praça da estação e o hotel que ficava junto do mercado. Era uma coisa grandiosa a feira de Itabaiana. Nunca vira tanto povo junto, num rebuliço de festa, nessa confusão, nesse bate-boca dos que vendem e trocam. Havia de tudo: o lado do queijo, da carne de sol, do açúcar bruto, do açúcar purgado, do feijão, ruas inteiras de gêneros, gente falando alto, cheiro de bacalhau, de peixe em salmoura, de frutas passadas. De vez em quando meu avô parava para conversar. Félix Touca, comprador de açúcar:

— Tenho dinheiro para o senhor, coronel.

E puxou do bolso uma porção de notas em maço.

Queria que os meninos do colégio estivessem ali para ver a riqueza do coronel Zé Paulino.

Outro era um morador do Santa Rosa.

— Que anda fazendo por aqui?

— Vendendo um gadinho, seu coronel – com a cabeça baixa. — Precisão de dinheiro; o algodão não deu nada este ano, e o povo de casa carecendo se vestir.

— Muito gado nos currais?

— Gadinho, seu coronel. O sertão está chovido. Não tem descido nada. Estão nas engordas.

Fomos almoçar no hotel. No caminho o velho Zé Paulino me falou na carta: que não queria saber de mentiras, que não lhe escrevesse mais mandando contar aquelas histórias.

— Maria está passando uns dias no engenho, e ficou aperreada com aquilo. Cuide de estudar, que é melhor. Botei no colégio foi para aprender; não esteja se escorando.

Não tive coragem de falar ao meu avô. A alegria de estar com ele, de me ver solto, sem o olho diabólico do diretor, me fizera esquecer de tudo. Agora era todo daquela alegria, daquelas horas livres.

Na porta do hotel estava Pão-Duro com o pai. Cheguei com o velho Zé Paulino como se conduzisse um troféu de batalha. O pai do colega foi logo se descobrindo para o meu avô:

— O que lhe trouxe por aqui, coronel Zé Paulino? Mandou gado para os currais?

— Não. Vim somente visitar o meu neto no colégio.

E Pão-Duro ouviu. O meu avô não estava em Itabaiana para negociar, para vender nem trocar. Viera me ver. Tinha ele um neto no colégio para visitar. Isto valia para mim mais do que não sei o quê. Os pais dos outros traziam os filhos para a feira, mas não era por estes que estavam em Itabaiana. O velho Zé Paulino não. Tivera saudades do neto. Recebera uma carta falando do colégio, e tomara o trem para ver o que se passava. Eu era o menino mais feliz, naquele momento.

O hotel repleto de gente comendo. O meu avô sentou-se numa mesa onde já havia muitos outros. Falava-se de negócios, do preço do gado e do algodão. Quase todos conheciam o velho Zé Paulino.

— Muito açúcar, coronel?

— Pouco. O inverno foi ruim.

Ou então se referiam a outros senhores de engenho, nossos parentes.

— O açúcar do coronel Cazuza Trombone é uma desgraça. Félix Touca comprou uma partida que virou lama.

— Homem feliz, este seu Cazuza – dizia um de bigode caído e fala arrastada. — Faz o açúcar mais ruim da Várzea, o algodão mais cruera, e arranja os melhores preços. Só filho de padre.

Depois entravam na conversa de política. O meu avô não concorria na palestra. Calado, ia comendo com o seu ar de sempre, como se estivesse na mesa grande do Santa Rosa. Que lhe importava a política? O que mais o interessava eram os bons invernos, o seu açúcar na casa de purgar, o seu gado gordo, os seus partidos verdes. Quando lhe vinham perguntar pela política ele mudava de conversa. Estava com o seu partido, por hábito. Não tinha cabras para proteger, nem medo de ficar de baixo. O governo como terror, como encosto para tomar terra dos pequenos, governo que lhe desse soldados para guarda-costas, deste governo ele nunca precisou. A sua consciência limpa deixava-o dormir sossegado, sem receio de diligências em suas terras. Uma vez que entrou um oficial em sua propriedade, provocando vexames, no outro dia bateu na casa-grande do Santa Rosa o chefe político do partido de cima, para ficar a seu lado. Um santo, este meu avô, e ali com ele, na mesa do hotel eu lhe media o tamanho, a superioridade sobre os outros. Que valia o pai de Pão-Duro, junto dele? E o Zé Calheiros, que passava notas falsas?

À tarde, quando o fui deixar no trem, na estação, era com orgulho que via os homens todos tirando o chapéu para ele. O dr. Odilon, o mais rico daquelas redondezas, o que tinha quarenta mulheres, filhos em todos os colégios, um anel de pedra enorme no dedo, chegando-se respeitoso para lhe saber da saúde, muito alegre. Lá estava também o diretor, risonho para o coronel Zé Paulino.

— Pode ir tranquilo, coronel. O menino fica em boas mãos.

O trem saiu, e a mais dura realidade começou a existir para mim: o colégio de portas abertas para me receber. Voltava, porém, todo outro. Que me viessem agora falar de visitas de pais, de presentes de casa, de histórias de feira. O Doidinho tinha o que contar de sobra. Pão-Duro ouvira o velho Zé Paulino respondendo ao pai dele.

Contei a Coruja o negócio da carta, e ele ficou apreensivo.

— Vai haver coisa grossa. O velho, quando chegar da rua, você vai ver: vem com o diabo.

Tinha razão. Instaurou-se inquérito, com interrogatórios de portas fechadas e palmatória ameaçando na mão.

— O senhor tem que me dizer quem escreveu a carta, quem a botou no correio.

A visita do velho Zé Paulino dera-me sangue de gente grande:

— Não sei, não digo.

E d. Emília:

— Diga, menino, pra não apanhar.

— Não digo não.

Via Coruja sofrendo por minha causa. Preferia morrer. O velho deu-me dois bolos, e as lágrimas afogaram a minha confissão.

— Chame-me aqui o senhor José João.

Coruja chegou, viu-me chorando, de braços cruzados.

— Foi o senhor quem escreveu a carta para o avô do senhor Carlos de Melo?

— Foi, fui eu.

Sereno, como quem respondesse a uma pergunta inocente.

— Mas o senhor sabe que isto é proibido?

— Sei.

— Passe-me para cá, seu sonso de marca!

E o meu amigo apanhou pela quarta vez no colégio de Itabaiana. Os seus olhos miudinhos nadaram em lágrimas. Nunca me vi tão pequeno, e nunca uma pessoa para mim fora maior.

— O senhor fica proibido de conversar com o senhor Carlos de Melo.

Demorei-me sozinho pelo salão de estudo. Via o Cristo do quadro subindo para os céus. Na história sagrada ele sofrera pelos homens, recebera uma coroa de espinhos, subira num monte para morrer pelos homens. Sofrer pelos outros! Como isto antes me parecia um conto! Agora, não: estava ali, pertinho de mim, o Coruja, apanhando por minha causa. Ouvia falar sempre que as mães sofriam pelos filhos a dor do parto. Mas era uma coisa natural, mandada por Deus. Coruja fizera uma coisa que eu lhe pedira. E por isso sofrera a maior humilhação, o castigo brutal que por todos os meios evitava. Ficara um réprobo para a legislação do professor Maciel. Fora açoitado como um criminoso de pena máxima, ele que era o melhor aluno da casa. Isto me convencia de que ainda havia grandezas na humanidade. Uma das minhas desconfianças de menino nos milagres dos santos era porque eles não faziam hoje em dia o mesmo que antigamente. A velha Totônia contava dos feitos de santo Antônio, mas uma coisa ou outra me levava a duvidar de tudo aquilo. Por que não se faz o mesmo nos tempos de agora? E aqueles bolos do Coruja, aquele "sim, senhor, fui eu" com a cara mais firme deste mundo, a sua coragem diante da maior afronta que para ele existia, me arrebataram de repente a fé.

Naquela sala, sozinho, como numa igreja deserta, Deus existia para mim. Era um fato humano que me arrastava a acreditar numa força que estava acima dos homens. Anoitecia. E pelas venezianas cerradas entrava um vento frio de fim de tarde. Jesus, com aquela bandeira na mão, subia no quadro para o seu lugar, ao lado do Criador. Na meia escuridão, uns últimos clarões de sol se derramavam no vidro da estampa, brilhando. Na rua um silêncio de cidade pequena, o sino batendo as suas ave-marias de sempre. Os meninos lá para o fundo do quintal. E dentro do meu coração, uma ânsia de crer, de me sacrificar, de me redimir de minha miséria diante de Coruja. Não era Deus sem dúvida que me visitava, mas um sinal de sua misericórdia que me arrastava para ele: o meu arrependimento, a dor de uma consciência de 13 anos, tremendo de vergonha pela sua covardia. "O senhor fica proibido de conversar com o senhor Carlos de Melo." Ouvia isto como se fosse uma frase de condenação a repetir-se nos meus ouvidos. Sim, Coruja era o meu corrutor, o mau, o que me estava botando no caminho errado. Eu, não. Um justo, um sem-culpa, que devia temer a sua companhia. Vira apanhar os meninos pobres na aula pública, sem motivo, somente porque o professor queria agradar ao neto do coronel Zé Paulino. Olhava essas coisas como se estivesse apenas tomando um brinquedo dos meus companheiros, com essa crueldade natural da infância. Naquele momento, porém, entrava-me pela alma esta advertência de olhos de abutre, que é o remorso. Conheci naquele fim de tarde a dor que Deus reserva aos que se enojam de suas faltas, a repugnância dos que são obrigados a sentir o mau cheiro de seu próprio vômito.

Quando vieram acender a luz da sala, eu dormia com a cabeça encostada a uma mesa.

4

Eu não podia conversar com Coruja. Havia Licurgo, um mais moço do que eu, de cabeça enorme e de dentes para fora. Dormíamos no mesmo quarto e estávamos no mesmo livro de leitura. Mas Licurgo não prestava. Enredava de todo o mundo, roía as unhas, e era dissimulado como uma víbora. Fazia as coisas e botava para os outros. Quando se estava no salão de estudo ouvia-se um gemido qualquer. Ninguém sabia donde vinha. O diretor olhava para um canto e para outro, e começava a castigar por adivinhação. Era Licurgo quem provocava estas misérias, murcho para um canto, com a mais doce inocência.

Um dia, porém, soube uns pedaços de sua história. História triste como aquela do pai do Zé Calheiros, o que estivera na cadeia por notas falsas. A mãe de Licurgo era rapariga.

— Filho da puta – gritou-lhe numa briga Pão-Duro.

E ele partiu para o maior como uma fera. Foram ambos ao bolo. Zé Augusto me contou:

— A mãe dele é mesmo rapariga.

Vinha, de fato, uma mulher muito bonita visitá-lo, com umas joias nos dedos.

— É a mãe de Licurgo.

E os meninos corriam para vê-la passar no corredor. Deixava cheirando o internato por onde passava. Lembrava-me das meninas do tio João, ao tempo de seus passeios ao engenho. E os meus sentidos se assanhavam com estas recordações. Maria Clara, prima ingrata, fixava-se nos meus pensamentos. O cheiro da mãe de Licurgo me recordava as visitas das primas do Recife, e as primas Maria Clara, e Maria Clara as minhas diabruras do Santa Rosa. O sexo me visitava nas noites frias do colégio. A chuva batia forte no telhado. Corriam as biqueiras como nas noites invernosas do Santa Rosa. E os maus pensamentos rondavam-me, como pássaros que procurassem ninho quente para pousar. Zefa Cajá andava por perto. E me esquecia de Coruja, do diretor, do livro de leitura, dos bolos.

— A cama de Doidinho está tremendo – diziam no quarto.

E as risadas abafadas nos travesseiros botavam para correr o demônio do vício impertinente. A palmatória, porém, surrava essas antecipações de desregrado, porque já não era aquele mesmo das libertinagens de outrora.

Licurgo me fazia pena. Os meninos buliam com ele:

— Quem é teu pai, Licurgo?
— Meu pai foi pro Pará.
— Quem paga o teu colégio, Licurgo?
— E a tua mãe trabalha? Em quê?

— Ela cose pra fora.

Essas perguntas traziam sempre uma pontinha de perversidade.

Pão-Duro era ruim. Um caráter bem de nível baixo. Gostava de pisar nos outros com picardia, de estar sempre contrariando.

— A mãe de Licurgo ganha dinheiro dos homens – disse ele uma vez, no meio da gente.

O menino soube. Ficou mordendo as unhas, como se estivesse com fome. Pão-Duro passou por perto dele, às risadas. E se ouviu um grito medonho: Pão-Duro com a mão na cabeça, correndo sangue pela testa. Licurgo sacudira uma pedra e correra, fugindo pelo portão dos fundos. O professor Maciel chamou um por um, para saber de tudo.

— Pão-Duro disse que a mãe de Licurgo ganhava dinheiro dos homens.

O colégio todo fez carga no somítico. Ele estava lá dentro com o velho Coelho, passando arnica na cabeça. No outro dia estávamos na aula.

— Pode entrar. Maciel está no salão de aulas.

Era a mulher bonita, a mãe de Licurgo.

— Vim tirar o meu filho do colégio.

E o diretor:

— Sim, senhora. Pode mandar buscar a mala e o tamborete dele. Não quero moleques em meu colégio.

— Moleque, não senhor. O senhor trate melhor.

— Moleque. E a senhora não passa de uma mulher ordinária.

Os meninos estavam como se fossem em circo de cavalinhos. Aí a mulher encrespou-se toda:

— Ordinária é a gázea de sua mulher, cachorro.

O velho levantou-se:

— Saia-se daqui, saia-se daqui!

Só se ouvia d. Emília gritando:

— Não discuta com ela, Maciel.

E a mulher bonita:

— Corno safado! O meu filho é igual aos outros: pago a mesma coisa – enquanto se dirigia para a porta da rua.

— Pago como os outros – dizia lá de fora ainda.

A meninada toda estava de pé. O homem do trapézio tinha dado o salto da morte.

— Sentem-se, sentem-se!

Era o velho diretor, que voltava ao pleno exercício da tirania.

— Sentem-se!

E ele mesmo sentava-se na cadeira, como se quisesse afundar a palhinha.

Setenta meninos de livros na mão olhando para baixo. Mas se o velho pudesse ver dentro de nós, encontraria setenta corações pulando de contentamento. A mulher bonita sacudira ali, aos pés do czar, a bomba de dinamite.

— Seu Filipe, tome conta da aula.

E botou o chapéu na cabeça, e foi-se para a rua.

Filipe era a sua sombra ameaçadora. Apesar de tudo, respirava-se quando ele saía, mesmo com este preposto, fiel ao extremo às suas ordens. Estávamos sob os murmúrios do escândalo, sôfregos pelas conversas e os comentários. Quase que ninguém se importava com o olho vigilante do decurião. Falava-se alto.

— O que é isto, seu Zé Augusto? Que conversa é esta, seu Carlos de Melo? Eu digo ao professor Maciel quando ele chegar.

E até a hora do almoço ele ainda não havia chegado. Na mesa, d. Emília falava:

— Aquela sem-vergonha pensa que Maciel se amedronta. Está se fiando na proteção do doutor Odilon. Bem que não quis aquele menino aqui. Estão enganados com o Maciel. Em Palmares um chefe de polícia levou grito dele. A delegacia estava cheia de gente, e ele queria um depoimento de Maciel. Levou um grito. Essa gente de Itabaiana não sabe com quem está bulindo.

Depois o velho chegou. Filipe trouxe-lhe a lista: um havia conversado no salão, outro estivera rindo-se alto, ou fazendo bilhetes para Coruja. Apanhou-se muito por causa da coragem da mãe de Licurgo.

5

ERA VERDADE DO DECURIÃO. Andava escrevendo bilhetes para o Coruja. Não podíamos falar. E as decisões do diretor eram gravadas em pedra. Persistiam, duravam como mandamentos irrevogáveis. Pensei que Coruja ficasse me odiando desde aquele dia em que o vira tão acima de mim. Quando passava por ele mudava a vista com vergonha, fugindo de um encontro cara a cara com uma vítima que se imolara por minha causa. Mas os olhos miudinhos de Coruja me procuravam. Então começamos a nos olhar como em linguagem de namorados. E dos olhares amigos fomos aos bilhetes confidenciais: as nossas conversas enroladas em papeizinhos dobrados. Escrevia-se sobre tudo: "tal dia vou sair…" ou falando dos outros, da política interna da casa: de Pão-Duro, dos filhos do Simplício

Coelho, uns protegidos do colégio, parentes que eram de d. Emília: comiam melhor do que a gente. E aquelas tapiocas que a negra Paula lhes dava pareciam-nos regalias de uma classe privilegiada. Eles não deviam ter esse direito, porque pagavam igualzinho como a gente.

Coruja me mandava recados: "No banho de rio de domingo tenho uma coisa para lhe dizer"; "tenho uma lata de doce para você: procure na prateleira da cozinha". E no fim o "leia e rasgue". Respondia com os meus garranchos de atrasado.

Íamos aos domingos e às terças aos banhos de rio. Levava-nos o velho Coelho, de toalha ao ombro, à frente do internato. Parecia que fugíamos de um presídio, pela mão de um avô de conto de fadas. Os pássaros quando fugiam das gaiolas deviam ser assim, com aqueles nossos olhos e aqueles nossos ouvidos abertos aos rumores do mundo. O sol brilhava para a gente com uma vida que não tinha para os outros. Era como se se tratasse de um amigo de quem nos haviam separado à força. E por isto essa alegria em nos ver, em nos tostar as caras amarelecidas nas reclusões. Seu Coelho ainda era mais amigo:

— Do que vocês precisam é de correr. Não se cria menino em quatro paredes.

E sempre em conversas com os maiores. Com ele a liberdade nos fazia visitas de horas. Recuperávamos a boa alegria da idade, nesses contatos com os nossos justos direitos de meninos. O velho nos comandava como um companheiro de mais idade. O rio passava a um passo atrás do colégio. Fazíamos, porém, o passeio até o poço do Maracaípe. Pintava-se o diabo nessas viagens. De vez em quando chegava um, reclamando a seu Coelho:

— Seu Fulano fez isto, seu João Câncio está me chamando nome.

— Não quero saber de nada. Quem vier aqui com enredos, mando para casa.

Os presidiários de seu Maciel muniam-se de *habeas corpus* para todas as travessuras. Um magistrado tolerante deixava que a lei não nos fosse um instrumento de vingança. E naquelas manhãs de domingo a palmatória de cabo torneado deixava de existir para a gente.

Comigo era como se fizesse um passeio ao engenho. As águas onde mergulhávamos iam ter ao Santa Rosa, passariam por lá, lavariam os cavalos do Poço das Pedras; dentro delas os moleques dariam os seus cangapés. Às vezes brincando dizia:

— Vou mandar uma carta para casa.

E soltava um pedaço de papel à toa, na correnteza. Dizia brincando. Mas a vontade era que ele fosse mesmo até lá, que descesse como uma mensagem aos meus, aos marizeiros, aos banheiros de palha, às mulheres batendo roupa, aos meus lugares amigos.

— A cheia vem em Itabaiana — gritavam, na enchente.

Era por ali que quando o Paraíba passava roncando, dava notícias. E nas águas barrentas do rio lavava as minhas mágoas de colegial. Dormíamos aos sábados sonhando com o banho, que era mesmo o nosso único recreio dos sete dias de trabalhos forçados. Contava a história aos colegas:

— O Paraíba, no engenho, é maior do que aqui. Já atravessei uma vez de barreira a barreira.

Não sei por que me deleitava exagerando as coisas. Pode ser que fosse um vício da idade, mas eu tinha esse gosto pelo exagero, pelos fatos e as coisas maiores do que eram. Não resistia ao gosto de contar uma história com vantagens. No fundo não seria uma mentira: uma deformação talvez. Uma força imaginativa pondo-se acima da realidade.

— Deixa de goma, Doidinho. Não está vendo que você não atravessa o rio cheio?

— Pois eu mostro quando ele encher.

O colega tinha razão. Nunca atravessara o Paraíba. Os moleques do engenho passavam de um lado para outro com o lombo aparecendo. A minha natação, porém, dava para pouco. Essa história de que eu ia atravessar o rio quando ele enchesse ficou acertada. E o dia chegou.

— É hoje. Vamos ver Doidinho meter o braço.

Nesse dia o sol não estava brilhando para mim. Desci para o rio, sombrio, disfarçando o medo grande. A meninada corria gritando. Para que diabo tinha eu dito aquilo? Coruja me pediu para não cair na água.

— A correnteza está puxando muito.

Olhei para o rio barrento. As águas corriam para o Santa Rosa como um trem; os redemoinhos dançavam, fazendo barulho. Tirei a roupa como quem se despisse para um sono muito grande.

— É agora que Doidinho vai se mostrar.

Havia uma crueldade naquela insistência. Por que me queriam tanta raiva aqueles meninos? Coruja foi dizer a seu Coelho. O velho chegou furioso.

— Seu Carlos, passe-se pra cá. O senhor está com o diabo no couro?

O mundo nascia outra vez para mim. Via o sol brilhando, via tudo rindo-se de felicidade. E o rio descendo para o Santa Rosa. Os colegas ficaram murchos, e eu com a minha coragem de pé. Tomamos banho num remanso do rio, com a estrepitosa alegria de bichos felizes.

Na volta, o velho Coelho contava fatos de afogamentos. Era um narrador admirável, uma sinhá Totonha para os fatos comuns da vida. Ele andara pelo Amazonas, subira rios em gaiolas, matara jacarés de rifle, trouxera um índio de suas viagens; este índio, dera-o de presente a um amigo de Timbaúba. Estava velho, mas ainda hoje não temia os moços na pontaria.

E no passo cansado voltávamos para o presídio com aquela sereia nos arrastando da realidade.

Depois Coruja falou comigo. A história que tinha para contar seria uma grande mágoa para mim: depois da semana santa não retornaria ao colégio. Ficaria tomando conta da loja do pai, no Ingá. Falava-me com dor. Coruja amava os estudos, sonhava com uma carreira, com um futuro maior que o de sua família. Se me dissessem um dia: você não voltará mais para o colégio, me dariam uma notícia de libertação. Com o meu amigo, não. Mais velho do que eu pouca coisa, já estava longe, nos livros. E quando fecharam atrás de mim o portão do internato, era como se eu já tivesse deixado Coruja lá fora. Não sei por que havia para comigo esta má vontade do destino. Se foi a tia Maria, o casamento a levou. Uma amizade grande não conseguira ainda, depois daquela sua fugida no cabriolé de seu Lula. Pegara agora à Coruja uma afeição exaltada. Se algum dia me pedissem no colégio para ir fazer qualquer coisa por ele, iria de olhos fechados. Aqueles bolos apanhados por minha causa, aquela dignidade de seu rosto, aqueles olhinhos apertados me olhando, os seus bilhetes, os seus sorrisos de alma aberta me arrastavam a querer-lhe um bem que ainda não dera a outra pessoa. Era que nunca tivera um amigo, um, fora da minha família, a que fosse ligado como a um irmão. Sim, um irmão. Filho único, esta palavra só existia para mim na boca dos outros. Via com inveja a solidariedade que unia os irmãos entre si: quando se tocava num, lá corriam todos, os da mesma carne e os do mesmo sangue, enfrentando juntos o perigo. Esse meu primeiro amigo me revelara o que Deus não me dera: um irmão. E era ele que deixaria o colégio. Pão-Duro ficava, ficavam Aurélio, João Câncio, e outros, inúteis para mim. O que me servia com ternura, o que apanhara por mim, que me contava histórias de sua família, a sua irmã cega e o seu pai em dificuldades, o bom Coruja estava acabado de vez. Ficaria no balcão da loja de seu pai, medindo fazenda para o povo.

6

O VELHO MACIEL TINHA razão. Em pouco tempo adiantara-me bastante. O medo do bolo vencera o rude da d. Sinhazinha. Estava nas frações e quase no fim do terceiro livro de leitura. A letra, porém, é que não tinha jeito de melhorar. O meu nervoso talvez que fosse o responsável pelos meus garranchos. Cobria com cuidado os cadernos de caligrafia, e borrões ficavam em cada página.

— Se este caderno vier borrado amanhã, o senhor se arrepende.

E ia borrado. Caprichava, esforçava-me, mobilizava toda a minha paciência, e no fim a pena obedecia aos meus pobres nervos, e a tinta marcava-me a condenação ao bolo. Fazia os exercícios na própria mesa do diretor, e ele me dava com a régua nas mãos para consertar a posição deformada dos dedos na caneta:

— O senhor parece um paralítico escrevendo.

Às vezes distraía-me, e parava de escrever. Pensava longe, nas minhas cismas de veneta. A advertência não deixava que tomasse o gosto contemplativo:

— Acabe com isto, para vir depois com a lição de leitura.

Dava também geografia. O mundo crescia para mim. Tinha cinco partes. Era mais alguma coisa que o Santa Rosa e o colégio do professor Maciel. Havia um certo encanto na virgindade da minha ignorância, ao tempo em que ia aos poucos sabendo de coisas que me pareciam absurdas. O Sol era maior do que a Terra. E a Terra era que andava em torno dele. As estrelas brilhavam também de dia. Os livros afirmavam estas verdades, mas acreditar nelas custava muito à minha compreensão limitada das coisas. Via a Lua correndo no céu; o Sol nascia num canto e se punha noutro. E por mais que a geografia contasse as suas histórias, e os globos terrestres girassem em cima da mesa, ficava acreditando mesmo no que estava vendo com os meus próprios olhos.

— Quando o senhor melhorar a letra, passará a fazer descrições – me disse um dia o diretor.

Seria para mim uma vitória abandonar aqueles cadernos amarelos. Mas o meu grande ideal de aluno estava no *Coração*. A luta de Stardi com Franci, o Tamborzinho sardo, o pequeno escrevente florentino, Henrique e o pai dele, que um dia ficou ruim de finanças e falou em cortar as despesas de casa, o filho do pedreiro, de cara de lebre, Garroni, o gigante bom, um que era burro mas estudava muito, a brincadeira dos meninos com neve – tudo me parecia passagens de um romance admirável. E como era diferente a escola de lá da do professor Maciel! Distribuíam prêmios, os professores falavam manso, não existiam palmatórias. O nosso colégio não se parecia com as escolas da Itália. Ficava às vezes de castigo, acompanhando a leitura dos outros. Lá vinha a viagem de um menino que saiu pela América atrás da mãe doente, e andou sozinho por florestas intermináveis. E o naufrágio onde Marcos morreu para salvar uma mocinha. O navio afundava-se, e só se via o rapaz acenando com a mão. E depois: Eu amo a Itália porque meu pai é italiano, que Olívio lia em tom de discurso.

— Deixe de exagero – gritava o seu Maciel.

Todo esse livro delicioso me chamava para as suas páginas. Um dia veio um italiano ao colégio para podar umas parreiras. Fiquei com ele para saber se conhecia Coretti da rua tal, que nem me lembro mais o nome. Sim, ele conhecia um Coretti, mas de outra rua. Talvez que o do livro se tivesse mudado, pensava comigo. A *Seleta clássica* era cheia de discursos, de versos. Mas o *Coração* estremecia a nossa sensibilidade de meninos, nos interessava naqueles conflitos que eram os nossos. Este livro de tanto amor à Itália me fez amar aos que eu não conhecia, aos estranhos, aos meninos sujos porque não tinham roupas limpas, aos heróis dos contos. A minha infância sem Júlio Verne e sem soldados de chumbo imaginou os seus heróis como eram os do *Coração*, os seus grandes homens, os que morriam pela pátria e os que davam a vida pelos pais.

Ainda não era Deus que estava por dentro de mim. Os meus surtos de crença morriam logo: eram pequenos relâmpagos numa escuridão que cada vez mais se fechava. Era como se numa noite escura aparecesse uma luzinha muito distante para iluminar as estradas. A que caminho poderiam levar estes pobres fogos-fátuos? No colégio não havia religião. Aos domingos ouvia-se missa perto do padre, com o diretor na frente, de bengala. E era só o que se fazia ali para agradar a Deus. Seu Coelho falava dos padres, e a filha procurava a igreja. O colégio tinha o nome de Nossa Senhora não sei por quê. Era como os engenhos: Santa Rosa, Santana, Santo Antônio.

    Estava pregando na igreja um frade franciscano. O padre Fileto viera pedir ao diretor para levar o colégio às práticas. Eu ouvia falar nos frades que faziam missões. As negras dos engenhos caminhavam léguas atrás dos missionários, e vinham contando horrores dos capuchinhos de barbas grandes. Davam nas mulheres com os cordões dos hábitos e as palavras desses homens soavam aos ouvidos delas como vozes de santos. Por isso, quando ouvia falar das missões me vinham logo à cabeça as latadas de palha, os frades de pé no chão, os pecadores apanhando de corda, os amancebados que se casavam na hora. E naquela noite ia eu ver pela primeira vez um frade em carne e osso, um daqueles brabos servidores de Deus. A igreja já estava cheia quando lá chegamos. Um púlpito armado no meio do templo esperava o pregador. E ele chegou, alto, louro, com um hábito escuro, de alpercatas nos pés. Ajoelhou-se, e a igreja ajoelhou-se com ele. Fez o pelo-sinal com os braços longos e a voz compassada. Começou a falar. Falava manso, uma palavra doce, sem gritos e sem gestos. Ouvi o dr. Bidu dizendo para o seu Maciel:

    — É mais um conferencista do que um pregador.

    Fosse o que fosse, o certo é que o que ele dizia eu tomava para mim. Há os que falam assim, que a gente tem fome e sede do que eles dizem. Ele se voltava para os setenta meninos do colégio: Uma vez Jesus ia por um caminho, e um bando de meninos alegres procurou o Mestre para falar com ele. Os apóstolos botaram para trás as crianças, com palavras ásperas. E Jesus lhes disse: "Deixai os meninos, deixai que eles venham a mim, porque deles é o reino dos céus". E depois deitou a mão pelas cabeças dos inocentes, e se foi dali. O frade botava os olhos azuis para nós todos, e só falava para o colégio. Jesus amava os meninos porque eles eram a virgindade da vida. Eram a inocência, a alegria feliz, a alma limpa de culpa e de pecados. Mas nem todos os meninos eram assim. Havia os de coração imundo, crescidos no vício como adultos, meninos que empestavam os outros, que fediam a distância. Era doloroso que se ofendesse a Deus justamente com as flores que devíamos deitar a seus pés em oferenda. Sim, havia rosas sujas de lama, rosas imundas, emporcalhadas pelo mundo. Mas quem deixara os porcos invadirem o jardim do Senhor? Os pais, as mães, os educadores. E repetia as palavras do Evangelho, aquelas que se referem aos que escandalizam os pequeninos. Melhor seria, dizia o Senhor, que lhes amarrassem uma pedra no pescoço e os deitassem ao rio. "Procurem os colégios, entrem nos lares de hoje, e é Deus que falta em tudo, ou é Deus que é ali mesmo esbofeteado sacrilegamente." E a prédica continuou a se referir à educação dos nossos dias, à impiedade das escolas públicas e dos colégios particulares.

    Dormi com aquelas palavras nos ouvidos. Meninos que fedem a distância, coração imundo... E sonhei. Andava por uma estrada, e ali fora encontrar o velho Zé Paulino. Queria falar com ele, e não consentiam. "Para onde vocês levam ele?" "O coronel morreu", diziam. Mas não via caixão. Corria para junto dele, e as minhas pernas estavam enterradas. Então o velho dizia: "Deixai o menino vir, é dele o reino dos céus."

E por mais força que fizesse, não me largava do canto onde estava. Aí uma pessoa gritou: "Amarrem uma pedra no pescoço do coronel e sacudam o açude." Acordei aos berros, com a satisfação de reconhecer a mentira do sonho.

Logo pela manhã, no café, o diretor conversou com d. Emília:

— A prédica de ontem foi para mim. Eu conheço muito bem o Fileto. Botou na cabeça de frei Martinho aquelas indiretas para o meu colégio. Não me botaram meninos aqui para aprender a rezar.

E a mulher confirmando:

— Eu é que não vivo em igreja, feito barata tonta de sacristia.

Na hora da aula ele foi logo chamando o sobrinho do padre para a lição. Ia com sede nele.

— Vá à pedra.

E deu um problema danado de juros.

O menino passou de um lado para outro da pedra, apagou contas, escreveu números, e nada.

— E eu não vivo ensinando rezas aos senhores. Avalie o contrário. Passo o dia me secando, e no final das contas o senhor não sabe nada. O seu tio fala do meu colégio porque não dou catecismo. O pouco que eu sei ensino aos senhores, e os senhores não aprendem. Já estou cansado de ensinar a burros, a burros – terminou, gritando as palavras como se quisesse cortá-las com os dentes.

O sobrinho do padre ficou chorando.

— Era o que me faltava. Não sabe a lição e ainda me vem com choros. Passe-se para cá.

E o bolo aliviou a raiva da véspera, da prédica do frade.

— Não metam o bedelho no meu colégio. Padre que se fique lá pela igreja. No meu colégio mando eu, eu e mais ninguém.

E trançou as pernas por baixo da mesa.

— Cale-se! Não pense o senhor que isto aqui é aula de catecismo. Seu Chico Vergara, mostre-me esta pedra.

O menino puxou a pedra para mais perto dele, como se alguém lhe quisesse arrebatá-la das mãos.

— Mostre-me esta pedra. É esta conta que o senhor está fazendo, seu babaquara?

E o bolo cantava na sala.

No recreio do almoço era no que se falava:

— O padre tira Raul do colégio. Vai haver briga.

Naquele dia eu acabara o terceiro livro de leitura. Entrava jubiloso para o *Coração* e para o primeiro grau dos primários. Voava com todos os ventos em três meses de estudo. O diabo era que Coruja não voltava mais depois da semana santa.

7

UMA COISA AINDA NÃO disse: havia meninas também no colégio. Eram externas. Sentavam-se junto ao diretor. Quando sofriam as suas correções, ficavam em pé no meio da sala. Lisette, Maria de Lourdes, Guiomar, Elza, Tatá, e uma que me fazia as horas das aulas correrem depressa. Fora o irmão dela quem botara a carta no correio para o velho Zé Paulino. Comecei olhando-a às espreitas, mudando a vista quando ela me olhava também. Depois fui demorando mais nas minhas miradas, reparando mais nos seus cabelos pretos. Um dia ela riu-se para mim: o namoro estava pegado. Chamava-se Maria

Luísa. E quando o velho me metia o bolo, era com vergonha dela que voltava para o meu canto. Ficava de manhã espiando a porta para vê-la chegar.

— Para que é que o senhor tanto olha para esta porta?

Chegava sempre de branco, passava por perto de mim com um rabo de olho de bem-querer. E desde aquele instante eu só existia para ela. Às vezes faltava à aula. Não vinha pela manhã. Mas qualquer um que batesse na porta, eu pensava logo que fosse ela chegando atrasada.

Numa terça-feira que saí para cortar o cabelo, passei pela porta de sua casa com o chapéu quebrado de lado. Não estava na janela. Parei mais adiante, e a vi de longe chegando em casa com a mãe. Sempre fui um tímido junto dos meus entusiasmos, e sobretudo dos meus entusiasmos de amor. Sonhava com Maria Luísa todas as noites. Ora era ela mesma, ora era Maria Clara, nessa mistura, nesse coquetel de imagens queridas que só os sonhos sabem fazer. Os meus sonhos eram mestres em tais complicações. O velho Zé Paulino – estava sonhando com ele: de repente era seu Coelho que falava comigo. Despertava desses sonhos e não podia mais dormir. Aurélio, perto de mim, roncava de boca aberta. Chegava-me para os lençóis com medo do pobre, cobria a cabeça, tapava os ouvidos para não ouvir aquele respirar feio de bicho.

Sim, Maria Luísa me ajudava a suportar o cativeiro. Já nem pensava mais no querido Coruja. Tinha comigo esta fraqueza imperdoável: um entusiasmo novo me absorvia inteiramente. Coruja passava por mim e me deixava os bilhetes. Quase que nem os lia. Os olhinhos dele parece que viviam a desconfiar de minha indiferença.

Fiz segredo de sete chaves do meu amor. Vira Pedro Muniz, denunciado de amores com Guiomar, sofrer horrores:

— Hein, seu babaquara! Botando as manguinhas de fora...

A menina chorando para um canto. E Pedro Muniz em cima de um tamborete, no meio da sala, de costas viradas para as meninas.

Pegaram uma estampa de Nossa Senhora com uma dedicatória comprometedora. A queixa viera da casa de Guiomar.

Esse mártir aconselhava toda a prudência aos meus derrames sentimentais. Olhava para Maria Luísa temendo a curiosidade ordinária do mundo. Ela também olhava para mim como se estivesse fazendo um malfeito, num relance. Não podia haver mais puro amor entre os homens. Maria Clara, ainda a beijara debaixo dos cajueiros cheirosos do engenho. Um beijo só, que me deixou o coração batendo. Conversava com ela nos nossos passeios, sentia que havia carne morena na minha prima. Com Maria Luísa tudo era bem diferente. Nunca lhe dissera uma palavra, nunca a ouvira chamar pelo meu nome. Amor de anjo, se os anjos amassem.

Mas o coração de um apaixonado é quase sempre um insensato: não medita sobre os perigos, e quando mal cuida está com um abismo aos pés. Esquecera-me de Pedro Muniz. Fiz o meu bilhete de namorado, a minha primeira carta de amor. Não me lembro de tudo o que dizia. O meu coração devia ter, no entanto, a linguagem de todos os outros. O diretor saíra. O decurião tomava conta da aula. Botei o bilhete na palma da mão e saí com os passos incertos de quem fosse roubar alguma coisa. Passei por junto de Maria Luísa, sacudindo o bilhete no chão. O olho de Filipe, porém, estava atrás de mim.

— O que foi que o senhor deixou aí, seu Carlos de Melo?

Não tive tempo de apanhar. O diabo já estava com a minha mensagem nas mãos.

— Vou mostrar ao seu Maciel.

Segui para o meu canto à espera da hora de entrar na arena para os tigres.

— "Maria, terça-feira passei por sua porta, vi você com sua mãe."

Era o diretor lendo alto para a aula toda o meu bilhete de namorado.

Uma gargalhada estourou, abafada pelo psiu! autoritário do velho.

— Estamos com um apaixonado aqui.

Seria melhor que ele me quebrasse logo de palmatória.

Aquela exibição dos meus arrebatamentos doía-me mais do que os bolos.

— Um dom-juan no colégio. Emília, anda ver isto!

E foi ler o bilhete, rindo-se.

— Venha para cá, seu cínico!

Baixei a vista para não ver Maria Luísa. Passava a mão para a meia dúzia de bolos sem uma lágrima. Não chorava pela primeira vez. O amor dera-me esta coragem de leão.

— Passe-se para aí, de pé.

Maria Luísa estava em prantos. O diretor lhe dissera:

— Vou escrever uma cartinha a seu pai, contando tudo.

Em pé, o dia todo. E quase de tardinha ia reparando na lição da classe mais adiantada. Liam francês e traduziam. *Des oranges de la province de Bahia* – lá iam lendo, com o velho corrigindo a pronúncia. Lisette era desta classe. Não acertava as lições. O velho tinha bem vontade de mandar-lhe o bolo, porque quando passava adiante, para o seu colega de junto, se ele não respondia a pergunta, apanhava por si e por Lisette.

— A senhora não estuda. Se a senhora estudasse, saberia. Passa-me os dias aqui olhando espelhinhos.

Era o mesmo que dar, porque a menina chorava da mesma forma.

No recreio, a canalha caiu em cima de mim:

— Doidinho está namorando! Quando casa, Doidinho?

Parti a canela de Pão-Duro com um pontapé de indignação, e voltei outra vez para o bolo. Senti a mão inchada, dormente. Que me importava apanhar mais uma vez? O diretor, porém, abriu a boca:

— O senhor está o pior aluno do meu colégio. Vou escrever ao seu avô. Depois diga por aí que maltrato alunos. Mandam-me para aqui feras deste jeito, e querem que as trate com luvas de pelica. Por que não as amansam em casa?

E ia mais longe naquela sua fluência inesgotável para o carão.

— Vá sentar-se no quarto do meio.

Era o pior castigo do colégio: ficar isolado num quarto, sentado num tamborete, sem fazer nada. Passar horas e horas sem uma palavra, com a boca seca ouvindo lá por fora o rumor da conversa dos outros. Quando sozinho esperava os canários, no Santa Rosa, era com uma ânsia de caçador que me punha na expectativa. Bons silêncios que não me doíam! Agora, no quarto de castigo, tinha que procurar os recursos da imaginação para povoar o meu isolamento. Esgotava assuntos inteiros. Essas conversas comigo mesmo me enfastiavam. A princípio o assunto me absorvia. Mas logo depois não encontrava nada mais em que pensar. Recomeçava com os mesmos fatos, voltava ao princípio. O meu interlocutor escondido cansava-me como os conversadores impertinentes. Queria fugir dele? Mas como? Como se poderia fugir desta conversa comprida e fastidiosa que domina aos que não têm força interior para afugentar o tédio com o pensamento? E era assim: começava uma história com Maria Luísa, ela me chamava para um passeio; íamos andando pelo jardim público, de braços dados; embaixo de uma palmeira que havia por lá, ficávamos a olhar um para o outro; poderíamos até daí a uns tempos fazer um casamento. E ficava nisto, neste passeio, neste casamento. E a imaginação não encontrava mais outra variante para esses idílios de cabeça, nem situações mais agradáveis para esses namorados de mentira. Não saía disso, desse marcar passo ronceiro, a minha pobre imaginação de penitenciário. Os pensamentos lúbricos, estes não me cansavam. Vinham sem eu querer. Uma referência qualquer, um simples golpe de memória, e lá chegava o diabo para me tentar. Diabo que não vinha fedendo a enxofre, mas acariciando-me os sentidos com afagos de rapariga. Da negra Luísa, da Zefa Cajá, do quarto dos carros, dos moleques de engenho de todo este meu mundo de longe, o diabo dos meus silêncios de prisioneiro se aproveitava. E o sexo inchava como um papa-vento. Pedia para fazer as precisões no fundo do quintal. Porém o que procurava não era mais do que libertar-me das insistências indecorosas dos meus instintos em fúria. A palavra do frade batia-me no lombo como um jato de água fria. Pensava nos condenados ao fundo do rio com uma pedra no pescoço, nos meninos que fediam a distância, nos podres de consciência. Eram leves demais estes laços para o animal assanhado que os meus instintos criavam à solta. Entretanto olhava para Maria Luísa sem estes ímpetos de animal.

8

O DIRETOR ENTRARA EM acordo com o padre Fileto. O colégio às sextas-feiras estava indo tomar aula de catecismo na sacristia da igreja. A mestra de religião ensinava no colégio das meninas, d. Marieta, uma mulher magra com pincenê de ouro. Falava com uma mansidão de mãe boa, sem um grito, fazendo as perguntas e às vezes dando, ela mesma, a resposta.

— Sois cristão?
— Sim, pela graça de Deus.
— Quantos são os principais mistérios da nossa fé?

E a resposta ao pé da letra:

— Os principais mistérios da nossa fé são: a Unidade e a Trindade de Deus, a Encarnação, a Paixão e a Morte de Nosso Senhor Jesus Cristo.

A gente respondia às indagações com as palavras exatas do livrinho. Os principais mistérios da nossa fé! Não entendia o que queria dizer o catecismo. Unidade e Trindade de Deus!

— O que é Unidade de Deus, professora?
— É que são três pessoas distintas e uma só verdadeira.

Era o mesmo. Encarnação! Ficava pensando no que fosse a Encarnação. Deus desceu à Terra feito homem para sofrer como homem. E se havia nele, todo-poderoso, tanta vontade de nos salvar, por que não fizera lá em cima esta sua obra de magnificência? Depois:

— Que nos ensina a doutrina cristã?
— A doutrina cristã nos ensina o que devemos crer, o que devemos pedir e receber, o que devemos fazer para conseguir o nosso fim.

Nós devíamos crer em Deus; mas o que deveríamos pedir?

— O que devemos pedir, professora?

— Nós devemos pedir que a misericórdia de Deus caia sobre nós.

E o que era a misericórdia de Deus?

E neste jogo de palavras, de confusões, lá iam nos ensinando a doutrina cristã. Davam-se as lições de religião no mesmo jeito com que no engenho ensinavam aos papagaios.

— Papagaio real, veio de Portugal, dá-me um beijo, meu louro!

E o papagaio repetia tudo, sem saber o que era real, nem nada de Portugal, e estalava o beijo no fim.

A nossa religião vinha-nos desta maneira.

— E o Padre não existiu antes do Filho e do Espírito Santo?

Respondia-se:

— Não; o Padre não existiu antes do Filho nem do Espírito Santo, porque todas estas três pessoas divinas são eternas.

Para mim o catecismo estava errado. Jesus Cristo não nascera, na Galileia, filho de Maria Santíssima? Disse a um menino que não acreditava naquilo. Foi botar logo nos ouvidos da mestra.

— No que é que você não acredita, meu filho?

— Eu não disse nada, professora.

— Não, diga. Não tenha medo.

E aquela palavra mansa me animou à controvérsia:

— Eu disse que o Filho tinha nascido depois do Pai.

E o argumento chegou-me veemente:

— Porque Cristo nasceu há dois mil anos na Galileia.

— Sim – me disse ela. — Deus mandou à Terra o seu filho para redimir o pecado dos homens; mas antes de ele nascer da Santa Virgem, já existia como Deus.

Era outra questão que me dominava, esta da virgindade de Nossa Senhora. Porque eu sabia dos segredos da criação: vira se fazerem os bezerros nos cercados e os pais da égua rinchando atrás das bestas. Vira a tia Mercês e as negras do engenho de barriga grande.

— Jesus Cristo não teve um pai também na Terra?

— Não. Jesus Cristo nunca teve um pai na Terra, mas somente mãe, que é a Virgem Maria.

Discutia-se no recreio. Seu Coelho dizia aos meninos que tudo eram conversas. Ouvira um bode, em Palmares, entupir o vigário.

— Não vou atrás disto.

E soltava palavras feias sobre Nossa Senhora.

Ao mesmo tempo chegavam-me lampejos de fé. Deus podia fazer tudo. Ele não construíra o mundo? E os seus santos não faziam milagres? A voz do catecismo chegava-me aos ouvidos. "Deus é o espírito infinitamente perfeito, criador de tudo o que existe." Dormia com estas questões na cabeça. Era preciso acreditar nas verdades da mulher de pincenê de ouro, porque eram as verdades da Igreja. Mas parece que a serpente da dúvida procurava o meu leito para dormir. Religião era para ignorantes – afirmava seu Coelho. Em Recife, Tobias Barreto surrara os padres. Conhecera muito o mulato Tobias. Na casa duns Pontual, amigos dele, conversara com o gênio.

— O diabo sabia até música.

E aquele Tobias, e o velho Coelho, abatiam aos meus olhos, assim com tanta simplicidade, o Deus que fizera o mundo, que criara o homem, o senhor de tudo o que existe.

A fé, porém, chegava quando fazia as minhas promessas, uma fé interesseira de fariseu:

— Se meu avô vier terça-feira, eu rezo todas as noites.

E rezava as ave-marias, acreditando mesmo que o velho Zé Paulino tivesse vindo por isso. Já fazia o pelo-sinal antes de dormir. E começava a ter os meus medos dos pecados pelo castigo do alto. Quisesse ou não quisesse, a pedra amarrada ao pescoço, o fundo do rio, as penas do inferno deixavam-me alguma dúvida. Deus estava em toda parte. O homem não podia se esconder de seu olho vigilante. A minha cama não tremia tanto. Afugentava os fantasmas libertinos com estas preocupações que nunca tivera.

Na aula de sexta-feira a professora escolhera os que deviam fazer a primeira comunhão. Eu era o maior de todos.

Uns de oito, outros de nove anos, e o grangazá de 13, com a alma seca das graças de Deus. Tínhamos de voltar mais vezes para as lições.

Íamos para os exercícios espirituais com a alegria do passeio até a igreja. Comungar é receber a Nosso Senhor no sacramento da Eucaristia. Eucaristia era uma palavra bonita para mim!

— Sim – nos afirmava a mestra —, Jesus Cristo está vivo na Eucaristia, todo inteiro debaixo das espécies de pão e todo inteiro debaixo das espécies de vinho.

E nos explicava quais eram as espécies de vinho e de pão. As espécies de vinho e de pão são aquilo que aparece aos nossos sentidos, o que nós vemos, o que nós cheiramos, o gosto que sentimos do pão e do vinho. Estas eram as espécies, onde estava Jesus todo inteiro, vivo, porque o pão se mudava no seu corpo e o vinho no seu sangue. E se aquela hóstia se partisse, e se aquele vinho se derramasse era o corpo de Deus que se partia também? Não, adiantava: as espécies é que se partiam. Jesus Cristo subsiste inteiro em cada parte da hóstia dividida. E vinha com a imagem de não sei quem:

— É como o espelho. Você olha a sua cara num espelho grande, e é só um rosto que você vê. Quebre o espelho em mil pedacinhos, e em cada um você descobrirá a sua cara da mesma forma.

Pela primeira vez naquelas preparações para o conhecimento de Deus, uma coisa me ficara clara, numa evidência de dia sem nuvens. Valia, por esta forma, o poder intenso da imagem. Pensava por que um santo da Igreja não inventara um catecismo assim, feito de imagens, mais um cosmorama do que aquela síntese de teologia que nos obrigavam a decorar.

Tinha-se que botar na memória as orações para os atos de antes e depois da confissão, os chamados exercícios de preparação. "Meu Deus, eu vos suplico pela sagrada paixão e morte de Nosso Senhor Jesus Cristo." E para que existisse um bom arrependimento dos nossos pecados, seria preciso rigoroso exame de consciência. Fazer exame de consciência!

— Você fique pensando no que fez de mal, nas ofensas que cometeu contra Nosso Senhor.

Ficava pensando nos meus pecados. Tinha muitos. Os meus feios pecados contra a castidade. Nunca furtara. Não, furtara: não tirara o dinheiro que meu avô deixava por cima da mesa, para a Zefa Cajá? "Não jurar o seu santo nome em vão." Isto nós fazíamos a todas as horas. Por Deus!, dizia-se brincando. Não, por Deus não serve. Então vinha um juramento mais forte: Pela hóstia consagrada, pela missa de hoje. Tudo isto era pecado mortal. Desejava as coisas alheias; não podia ver os primos com brinquedos que não os quisesse para mim. Pai e mãe não tinha para honrar, se bem que me lembrasse deles com angústia. Nunca levantara falso a ninguém. Havia, porém, a mulher do próximo. Desejava a mulher do próximo. Deus nos proibia os maus desejos e todos os pecados internos contra a pureza. De fato merecia as iras de Deus por isto. Mas ninguém me explicava quais eram esses pecados internos, esses que não estavam aos nossos olhos. Os meus desejos não se criavam nas suas cobiças. E não ia, no engenho, às missas de domingo. Pecava por palavras, por obras e omissões. Quase todos os pecados do catecismo estavam comigo, para contar ao padre. Os da gula, da luxúria, da ira, da inveja, da preguiça. Um monstro para a codificação da Igreja.

— Se não se contar tudo ao padre, a confissão se perde.

Uns tomavam nota no papel de suas porcarias. Acharam um pedaço assim, de referências, no meio da sala; uma lista de pecados ninguém sabia de quem; uma confissão completa: Eu fiz isto, fiz aquilo, roubei uma castanhola de fulano, faço porcarias sozinho. Não apareceu o dono de tal rol de pecados. Lembrei-me da história que meu avô contava. Um padre velho do Gurinhém dormia quando confessava as mulheres. Um dia uma devota chegou-se para o confessionário, e se abriu com as suas culpas. Mas o padre pegou no sono no meio do ato. Quando acordou, a mulher tinha ido embora sem a absolvição. E ele saiu gritando pelo meio da igreja: Cadê a mulher que roubou o tacho? Todas as mulheres ficaram surdas, como o dono do papelzinho do colégio.

Os meus pecados, eu os tinha na memória, por muitos que fossem.

Oito dias antes da confissão o frade nos fez uma série de conferências. Lembro-me da primeira, que começou falando de Napoleão. Perguntaram ao grande imperador qual fora o dia mais feliz de sua vida. Esperavam que ele viesse falar de suas batalhas ganhas, de seus tratados de conquistas, de sua coroação pelo papa. O imperador não demorou a resposta: O dia mais feliz da minha vida foi o da minha primeira comunhão. "Pois bem, meus filhos, daqui a uma semana ides ter esta grande ventura convosco, recebendo Deus na vossa companhia, na intimidade do vosso coração."

Falou no outro dia das penas do inferno, da desgraça daqueles que morriam em pecado mortal. Bastava um só destes pecados para a alma arder nas chamas eternas. As negras do engenho, em brigas, mandavam as outras para as profundas do inferno, para as caldeiras fervendo e os espetos quentes de Satanás. "Não poderíeis jamais avaliar o que sejam os sofrimentos do inferno. Lembrai-vos da maior dor que possa afligir um homem na Terra, e esta dor se prolongando por séculos e séculos. Quando vos dói um dente, a vontade que vos chega é a da extração imediata, de arrancá-lo para vosso alívio. Para a dor que vos atormenta tendes logo o recurso dos remédios. Quantos não chegam à alucinação com os seus padecimentos, quantos não se abeiram do suicídio! Avaliai agora uma dor sem remédio e sem jeito. Uma dor que é de todo o vosso corpo, da cabeça aos pés, de todas as vossas fibras e de todos os vossos nervos; a vossa carne ardendo, derretendo-se nas chamas de um fogo mais quente que o das caldeiras, o fogo soprado pelos demônios. E, mais que tudo isto, a alma que habita este corpo miserável, com a consciência nítida da eternidade de suas penas." E o padre falou ainda muito do inferno.

Voltamos para o colégio como que sentindo o bafo quente das suas chamas. Bastava um único pecado mortal para nos sacudir naquela desgraça sem fim. Todos nós tínhamos o nosso pecado mortal esperando a hora da morte para o castigo irremediável. À noite, antes de dormir, rezei as minhas ave-marias com medo. E o padre-nosso, onde se pedia perdão de todas as nossas dívidas: "Perdoai as nossas dívidas, assim como nós perdoamos aos nossos devedores. E não nos deixeis cair em tentação." Iríamos com a alma tremendo de horror de nós mesmos cair aos pés do padre. A confissão seria no outro dia.

Na igreja as beatas rezavam em voz alta um terço. A voz rouca de uma tirava a ave-maria, e o coro respondia com uma santa-maria piedosa, em surdina, mal se percebendo as palavras. Era como se fosse uma mais forte, mais enérgica, chamando as outras, indecisas e fracas, para o arrependimento, para a paz da casa de Deus. E enquanto cada um esperava a sua vez para a confissão eu olhava e ouvia aquelas almas suplicando à mãe de Jesus Cristo a sua proteção. "Agora e na hora de nossa morte, amém." Que pecados não teriam elas, coitadas, para tanta humildade, para a cara triste que tinham, debaixo das mantilhas pretas!

Assim demoraria muito a minha vez. Começavam pelos menores: eram talvez os mais fáceis. Os taludos como eu, deixavam para o fim, porque os nossos pecados precisavam de mais trabalho. Junto a nós havia outras mulheres que vinham se confessar ao frade. Chegavam de longe, e conversavam em cochicho, como se estivessem com medo de carão.

— Cheguei trasanteontem. Vim para as missões.

Andavam léguas para este banho de almas. Vinham se lavar dos pecados.

— É um povão para se confessar.
O padre José João, do Pilar, estava ali confessando. Mas não queriam. Só com o frade essas consciências se aliviariam. Aqueles pés no chão, aqueles cordões compridos e aquela cabeça como a de santo Antônio davam-lhes mais confiança. Deus dava mais poderes aos frades, pensavam elas.
A igreja cheia de lado a lado. Três confessionários atendiam a humanidade em chagas que procurava a misericórdia celeste. Poucos homens, mais mulheres do povo, pobres, cheirando a falta de banho, negras com pituim, a gente boa dos campos que deixava os filhos e as obrigações de casa para esse ajuste de contas com o Senhor.
Mas que pecados prevaleceriam diante de suas misérias, de seus estômagos vazios, de seus corações cândidos? Jesus Cristo amava os pobres, dizia a história sagrada. Logo aquela gente toda seria a sua gente. Os que Ele queria para companheiros de seu paraíso. Ali só havia pobreza. Os ricos eram bons demais para a confissão. Não se pensa em pecados com a barriga cheia. A fome é que nos traz essa vontade de purificação. Parece que o corpo sem os fiambres e os filés se sente mais perto da fome da terra. Mas quanto mais gordos eles ficassem, mais difícil seria passarem por aquele fundo de agulha, de que falava a minha história sagrada.
As mulheres conversavam ainda:
— Nas santas missões de Itambé o padre Júlio casou amancebado. Até um senhor de engenho com uma cabrocha, filha duma escrava dele.
— Padre santo, o padre Júlio. Avalie se fosse frade.
Eu sabia quem era o tal senhor de engenho. Um parente

meu. Ouvira falar sempre, no Santa Rosa, com repugnância, nesse parente que se casara com uma mulata com quem vivia. Ali dentro da igreja achava o meu primo um digno, um grande. Para que viver em pecado? E depois, isto de descer de sua arrogância de senhor de engenho para essa renúncia, para esse contato com os pobres de sua bagaceira, isto me parecia grandioso. O bom rico que botava na sua cama de casal a negrinha que lhe lavava os pés. Jesus Cristo só poderia gostar de semelhante gesto.

O velho Zé Paulino censurava o sobrinho porque tinha o pecado do orgulho. Naquela hora, no meio daquele mundo que procurava Deus, eu me lembrava do meu avô. Sim, ele também poderia morrer em pecado mortal. Não rezava; nunca saíra de suas terras para cair aos pés de um padre, humilde, batendo nos peitos. Coitado do velho Zé Paulino! Não se salvaria se a morte o pegasse de supetão. Uma vez eu estava com ele no alpendre da casa-grande, numa daquelas tardes em que ficava escutando os que lhe vinham pedir ou reclamar alguma coisa. O padre Severino passava na estrada.

— Para onde vai o vigário?

— Vai confessar a negra Justa, que está para morrer.

— De que serve isto? – disse o meu avô, simples, sincero, na sua absoluta indiferença às práticas da religião.

E naquela espera de confessionário, daria tudo para vê-lo ajoelhado, recebendo do padre o perdão de Deus para os seus pecados. Ele era bom demais. No seu coração cabiam todas as criaturas do seu engenho. Mas a gente pecava por coisas que não pareciam mesmo pecado.

Uma negra junto de mim contava a história da filha:

— Se perdeu, caiu no mundo.

Queria dizer muita coisa aquele triste "caiu no mundo". O mundo era esta coisa abominável que nos desgraçava. O padre dizia que era preciso resistir às tentações do mundo.

E a negra continuava:

— O dono da terra fez mal à menina. Só fez encher a barriga da pobre; nem deu um vintém para os panos do filho. E foi indo, e foi indo, até que levou o diabo.

A negra contava isto com uma amargura cândida nos olhos que marejavam. E a outra dava muxoxos, com nojo:

— Te esconjuro!

O dono da terra fizera mal. Os pobres lhe pagavam este foro sinistro – a virgindade das filhas. O tio Juca era outro que me chegava agora, naquele momento, outro que devia muitas contas a Deus pelos seus pecados. Já tinha passado nos peitos não sei quantas.

Minha hora estava quase chegando. Só havia uns três para se confessar. Fui-me aproximando mais. Ouvia-se o murmúrio do padre a falar, e via-se o menino se levantando de cabeça baixa, saindo para o altar-mor, para o desencargo de suas penitências. Chegava a minha vez. Não sei por que, me sentia sem vontade de ir, com medo, desejando que o outro demorasse o resto da noite. Vi-o sair contrito, e joguei-me para o confessionário como se marchasse para o bolo de seu Maciel.

— Reze o Eu Pecador – me disse o padre, de quem só se viam os olhos azuis pela grade.

— Eu, pecador, me confesso a Deus Todo-Poderoso... – e terminava: — a todos os santos, e a vós, padre, que rogueis a Deus Nosso Senhor por mim.

— Quer que lhe pergunte?

Respondi com a cabeça, num gesto. E começou o interrogatório, as minhas culpas puxadas de dentro da alma. Cada uma que saía, era como se um peso rolasse das minhas costas. Até que chegou a maior de todas.

— Sim, padre.

— Oh!, que desgraça, meu filho! Nesta idade…

A voz dele vinha-me como o desconsolo de um pai diante de um filho morto. Tive a maior vergonha da minha vida, quando os seus olhos claros, tão puros, me olharam, ali, coberto de chagas.

— Não precisa chorar, meu filho. Reze cinco padre-nossos e cinco ave-marias de penitência. Renuncie a Satanás, a suas pompas e a todas as suas obras.

Seus olhos grandes e azuis já não pareciam espantados de tanta imundície num coração tão jovem, porque a sua voz foi de uma doçura paternal nos conselhos que me deu. Vi a sua mão se levantando em cruz e ele perdoando os meus pecados. Saiu-me da boca o ato de contrição. Era todo o meu corpo que parecia tocado da bondade de Deus: "E espero alcançar o perdão de minhas culpas, por vossa infinita misericórdia."

Uma lua muito branca derramava-se pelas ruas na nossa volta ao colégio. E por baixo das castanheiras dormia gente esperando pela missa da madrugada. Povo bom, este, que deixava as suas camas de vara, a sua miserável comodidade, para ouvir os frades falarem de outro mundo, de uma outra vida, onde seriam recompensados de suas fomes e de suas doenças! Não é que viessem ali porque lhes prometessem barriga cheia. O que lhes prometiam era de muito longe: não era o gozo e a fartura que os outros desfrutavam na Terra.

Pensei nos moradores do Santa Rosa, vendo aqueles pobres das missões de Itabaiana. Pareciam-se todos, esses miseráveis! Quantos do Santa Rosa não estariam ali! Ficaria contente se me encontrasse com o Chico Baixinho, com o velho João Rouco, com o Manuel Lucino; qualquer um deles me daria a satisfação de quem num país estranho se deparasse com um conhecido de sua terra, um conhecido mesmo de cumprimentos. Passara uma vez pela porta do colégio um morador do Santa Rosa; parou o cavalo e desceu com o chapéu na mão para falar comigo:

— Como vai, seu Carlinhos? Não quer nada para o coronel? Seu Carlinhos está magro!

Nem lhe sabia o nome. Mas apertei-lhe a mão calosa, como se fosse a de um parente próximo.

Voltava da confissão pensando nestas coisas. E dormi com a consciência limpa, com a ansiedade de receber no meu corpo lavado de novo o filho de Deus do meu catecismo.

A lua também nos espiava pelas telhas de vidro do quarto, alvejando nossos lençóis de madapolão. E a cara de Aurélio era mais branca e repelente ao seu clarão frio e tristonho. Pobre do Papa-Figo! A lua fazia até os cemitérios bonitos, enquanto ele mais feio ficava, com aquela boca aberta e aquele roncar de doente.

9

Amanhecera um dia que nem parecia de abril, de um céu todo limpo, azul de horizonte. O colégio levantara-se mais cedo para os preparativos da primeira comunhão. Lavava-se a boca com precauções, porque uma gota-d'água podia nos prejudicar o jejum. Íamos de roupa branca e fita no braço, com a vela na mão. E dois a dois, com o bonezinho preto, seguia o colégio de seu Maciel, com ele de fraque na frente, para o sacramento da Eucaristia.

Na igreja não havia um lugar para ninguém; cheia, do altar-mor às portas de entrada. A serafina gemia os seus cânticos sagrados, com mulheres fanhosas no coro. Uma coisa muito triste, aquelas vozes lúgubres como lamentações em casa de defunto. Setenta corações jubilosos pediam música de glória para a grande festa do seu banquete. Mas as mulheres fanhosas carpiam mais do que cantavam. Uma missa bonita esta primeira missa cantada que eu ouvia, com o colorido das estampas dos santos, aquele chapéu alto na cabeça do frade, e o turíbulo tinindo, e a fumaça do incenso subindo para o alto. As campainhas tocavam como vozes de crianças em festa. Os cantos dos padres retumbavam na igreja com um acento estranho para mim. Eles se reverenciavam uns aos outros, esses atores tristonhos do drama eterno.

Não tinha pensamento na cabeça, naquele dia; era só olhos para tudo aquilo, para todos aqueles movimentos que me enlevavam. Quando o sacrário se abriu, todos nós, enfileirados, seguimos para a mesa branca, de cabeça baixa e as mãos nos peitos. Voltávamos com a hóstia se derretendo na boca. Era Deus em corpo que levávamos para as nossas vísceras miseráveis. Fiquei no meu canto concentrado, com este Deus nos lábios, os únicos minutos da minha vida em que me elevei da terra que pisava. Mas foram alguns minutos apenas. O mundo estava ali bem perto de mim para que esse recolhimento não durasse. Passei a reparar nas mulheres e nos homens de perto. Vi a mãe de Licurgo, muito bonita, de chapéu, com uns brincos brilhando nas orelhas. Na igreja de Deus havia lugar também para as prostitutas. Lia um livro de missa como o da d. Emília.

Depois já a fome nos chamava com impertinência para a terra. Aurélio caíra com uma vertigem no meio do povo. Levaram o pobre para fora, verde de fazer pena.

— Por que não mandam estes meninos para casa? É até uma malvadeza! – dizia um velho que segurava o Papa-Figo. De fato, deixamos a igreja sem a missa terminar. O diretor ficaria até o fim. Filipe nos conduziu de retorno ao colégio. Voltávamos murchos e calados, como os pássaros criados em casa, que perdem o jeito de voar. Murchos e calados para a gaiola que nos esperava. Os externos se dispersaram para as suas casas. E dez corações limpos, purificados pela graça de Deus, sem força para resistir a dez estômagos famintos do pão deste mundo. O almoço da negra Paula infelizmente era tudo para nós, naquele dia mais santo de nossa vida. Nem o corpo de Deus fora sacrifício bastante para estas frágeis criaturas humanas. Íamos andando a pensar na comida. Pão-Duro viu uma castanhola madura no chão. Num instante todos nós partíamos para a fruta com uma ganância de cães esfomeados. Rolei pelo chão com a minha roupa branca, com lama até no laço alvo do braço. Filipe me disse muito sério:

— Só não digo a seu Maciel, porque o senhor fez a primeira comunhão.

Mas Pão-Duro roía a castanhola com a alegria de um cachorro feliz.

E o dia todo no colégio foi de uma paz de armistício. À tarde nos levaram a passear nos arredores da cidade. Passamos pela rua da Lama, a rua das mulheres à toa, sem olhar para as janelas das casas. Fomos até o triângulo, lugar de entroncamento dos trens, espécie de oficina para as máquinas que faziam os horários de Campina Grande. Encontramos Licurgo de cigarro na boca, arrogante, em desafio ao diretor, que nos disse:

— Aquele termina na cadeia.

Conversava-se numa algazarra feliz. Vergara contava histórias da Paraíba, Heitor de Timbaúba, de Olinda, aonde fora com a madrinha tomar banho de mar para os nervos. Assistira lá à passagem do século:

— Os morteiros estouravam doze horas, e o farol iluminava a cidade com luzes de todas as cores.

Mentia-se muito nesses bate-bocas inocentes. Vinham as discussões:

— A Paraíba botou bonde elétrico primeiro que o Recife.

Era todo o orgulho dos paraibanos. Falaram também de outras vantagens:

— A música da polícia da Paraíba é a melhor do Brasil.

Heitor, pernambucano, contava tantas grandezas de Recife, que a pobre Paraíba se escondia, de tão pequena. E com os nossos bonezinhos pretos andávamos a cidade inteira. Um prêmio que seu Maciel oferecia aos que tinham de manhã recebido a Nosso Senhor: a liberdade de sacudirmos as pernas à vontade.

10

O COLÉGIO ESTAVA VAZIO com as férias da semana santa. Que caras felizes de libertos apresentavam os meninos nos dias em que se preparavam para sair! No trem da Paraíba foram-se Vergara, José Augusto, os filhos do Simplício Coelho. No de Recife, Heitor. Coruja no de Campina Grande. Despediu-se de mim de olhos umedecidos. Só eu sabia que não voltava mais. Também era só para mim que o amigo tivera aquele abraço.

— Eu lhe escrevo, Carlos.

E foi-se. Ninguém naquele colégio com a sua inteligência, o seu coração de grande, a sua alma de moça. E não voltava mais. Os outros, o diabo que os levasse. Vergara, Pão-Duro, José Augusto, os Coelhos, Aurélio, todos poderiam se despedaçar pelo mundo, que era o mesmo para mim. Coruja, não; apanhara por mim, olhava-me com atenção diferente, dividia comigo as suas merendas. Um dia o safado do Pão-Duro me insinuara com aquela malícia ordinária:

— Vocês dois estão trocando?

Eles não podiam compreender que houvesse no mundo aquele interesse de irmãos entre estranhos, aquela ternura, aquele amor mesmo, de um menino por outro menino. E o diretor não me proibia de falar com ele? É verdade que Coruja gostava mais de mim do que eu dele. Maria Luísa viera desviar os meus entusiasmos. Mas sempre o meu amigo seria um privilegiado na minha afeição. E ele era um casto. Num banho de rio eu o vira ruborizado com o que os outros meninos faziam. Esculpiam eles no massapé das margens as figuras mais porcas deste mundo.

— Seu Vergara, acabe com isto. Deixe de safadeza, seu Heitor...

Era assim que repelia a sem-vergonhice dos colegas.

Uma ocasião, não avistando Coruja nas proximidades, comecei a fazer-me de artista obsceno na beira do rio. De vista baixa, não vi que Coruja estava por perto. Quando olhei, vi-o espiando para a obra tristemente:

— Carlos, não faça isto.

E a voz doeu-me como uma reprimenda da tia Maria.

Não quis olhar para o amigo que me surpreendera igual aos outros na porcaria.

E no trem de Campina Grande ia-se embora. Veio buscá-lo o pai, gordo, com aqueles mesmos olhos miúdos do filho. Falou também comigo:

— José João me escreve muito falando em você – naquela mesma voz doce de Coruja.

Sozinho no colégio com Aurélio, o tempo não tinha mais fim. Aurélio era uma pobre besta que só abria a boca para as necessidades de animal. Foram uns dez dias de um isolamento difícil de vencer. A sala vazia, os quartos com as camas de vento fechadas, na mesa de jantar – d. Emília, o diretor e seu Coelho, como uma pequena família cujos membros não se dessem, pois havia um silêncio fechado do começo ao fim das refeições.

Uma surpresa espantosa deu-me nestes dias o seu Maciel. Nunca vi um homem mudar tanto. Humanizava-se com os seus alunos em casa. Deviam ser assim na intimidade os domadores de feras. Aquela cara e aquele chicote serviam somente para os seus encontros com os tigres e os leões. O velho era bem outro, como se se tivesse libertado de uma contrafação de sua personalidade.

— Vá-se vestir, Carlos. Vamos para a igreja.

Chamava-me de Carlos. Aquele duro grito de comando que eram as suas ordens ou os seus chamados, desapareceu. Levou-me para ver a feira, e comprou para mim umas frutas. Ia com ele para os passeios em casa de amigos, onde conversava coisas da política de Pernambuco:

— O Dantas Barreto vai vencer o Rosa, não tenho dúvidas.

Nem parecia o seu Maciel, o homem terrível que me fazia tremer somente chamando pelo nome. Em casa ficava conversando com d. Emília sobre fatos da sua terra. E me pedia para levar recados:

— Carlos, vá à casa do Resende e peça a *Província* de ontem.

Eu botava o chapéu, satisfeito com este recado. A casa de Maria Luísa ficava pertinho dali. Via-a na janela. Um dia criei coragem para lhe dizer umas palavras.

— Olhe mamãe!

E foi como se tivesse batido com a janela na cara. Depois da comunhão a minha namorada não me olhava mais. Talvez fosse pecado o nosso amor de pássaros cativos.

Seu Maciel lia em voz alta os telegramas da *Província*. Eu ficava por perto escutando a conversa dele com a mulher:

— O Rosa desta vez não se aguenta. O Exército está com o Dantas. O marechal Hermes não vai deixar à toa o seu ministro da Guerra.

Rosa, Dantas, Hermes – figuras misteriosas para mim. Nunca ouvira falar em seus nomes. Havia no Santa Rosa um cachorro chamado Marechal. O nome, quem o botara fora o tio Juca, que era a favor de Rui Barbosa. E também havia num engenho outro cachorro chamado Rui Barbosa. Perguntei um dia a tio Juca quem era este Rui.

— É o maior dos homens do Brasil. Vai ser presidente da República.

Mas eu não sabia o que era presidente da República. E o meu tio me ensinou:

— É o homem que manda em todo o Brasil.

Agora, aquela conversa do diretor me fazia lembrar. Um dia o presidente do Brasil passara num trem enfeitado pelo engenho. Corremos todos para a beira da linha, dando vivas ao dr. Afonso Pena. Naquele tempo o Brasil para mim não existia. O meu mundo, o meu país tinha os seus limites nos limites do Santa Rosa. Que me importava o presidente da República? Quem mandava em todos nós era o velho Zé Paulino. O povo do Pilar não lhe vinha fazer festas? Levara-me certa vez o meu avô para a sua posse na prefeitura. Na porta da casa da Câmara umas moças sacudiam flores nele, e o seu Lula fizera um discurso com um papel na mão, tremendo. Ouvia os homens chamando-o de chefe. O Chico Xavier levava livros para ele assinar, uns livros grandes com as contas da prefeitura.

Agora no colégio eu já sabia de muita coisa. E quanto mais sabia, mais ia vendo que o velho Zé Paulino não era tão grande como eu pensava. Era bem pequeno o seu poder, comparado com o dos governadores e o dos presidentes. Uma ocasião chegou não sei quem com um jornal da Paraíba atacando meu avô. Protegera ele no júri a um criminoso. E a folha falava disso com palavras ásperas: "protetor de bandidos". Era mais um limite que eu descobria para o poder do senhor de engenho do Santa Rosa. Nunca ouvira uma voz se levantar contra ele. Tinha-o como intangível em suas resoluções e em suas ordens. E aquele jornal com descomposturas! Só podia ser mentira. Apesar desta convicção, a crítica dos outros reduzia um bocado o meu senhor. Não deixava de me doer esta decepção que a vida me dava. O seu Maciel disse uma vez na aula:

— Você pensa que isto aqui é o engenho de seu avô?

Um menino discutindo me gritou aos ouvidos:

— Moleque de bagaceira!

A conversa do diretor com d. Emília se referia a gente que eu não conhecia: o Seabra, o Hermes, o Dantas. Gostava sempre de ouvir conversas dos mais velhos. E sem ter o que fazer, sentava-me escutando o diretor e a mulher. Os dias da semana santa corriam morosos. Na quinta-feira fomos aos atos da igreja. O frade lavando os pés dos meninos e enxugando. Beijava-os depois. Parece que me rangia aos ouvidos a voz da velha Sinhazinha:

— O padre Júlio em Itambé beijava os pés dos pobres.

Não via pobres ali em Itabaiana. Reconhecia até dois meninos do colégio no meio dos outros. O padre Júlio devia ser mais santo do que o frade louro e alto das missões.

Ficava com Aurélio no dormitório, sozinho, com medo dele. E o sono demorava a chegar. Chegavam-me, porém, as minhas meditações desconcertadas. Tivera uma notícia de casa: a tia Maria estava no Santa Rosa para dar à luz. Tinha receio de que ela morresse de parto. Lembrava-me da tia Mercês tendo menino no engenho. A velha Alexandrina, a parteira, trancada no quarto com ela. O meu tio passeando no corredor com as mãos para trás, sem falar com ninguém. A casa-grande no maior silêncio. O povo andando nas pontinhas dos pés. E isto horas e horas, de curiosidade e de gemidos agoniados lá dentro. O velho Zé Paulino saía do engenho para não ouvir nada. Só o fossem chamar no fim de tudo. E este fim demorava. E a inquietação e o susto da cozinha à sala de visitas. De repente escutava-se um grito de alucinada: Viva Nosso Senhor Jesus Cristo! E o menino chorando, e todo o mundo como se lhe tivessem tirado dos pulsos ferros de torturas. Graças a Deus – ouvia-se por toda parte. E o cheiro de alfazema recendia pela casa toda. Seria tia Maria feliz assim? Podia ser diferente com ela. E enquanto o sono me abandonava, rondava com os meus pensamentos por longe.

Papa-Figo roncava. As corujas cortavam mortalhas pelo telhado. (Quando passavam assim pelo Santa Rosa, as negras diziam: vá agourar o diabo!) Os cachorros latiam pelos quintais. E os morcegos dependurados na cumeeira da casa desciam para os seus rápidos passeios de lado a lado; quando caíam no chão, não se levantavam mais, com aquelas asas de diabos rastejando. Temia que viessem me chupar o sangue. E com medo de Aurélio, dos morcegos, das corujas e das dores do parto de minha tia, adormecia para sonos mais dolorosos que a vigília.

De manhã seu Maciel não vinha bater na porta, como nos dias de aula. Acordava-se mais tarde, sem as preocupações das lições erradas. Não estava ali Filipe, o que não pagava nada no colégio porque servia para nos espiar, espécie de polícia que o velho punha nos nossos calcanhares. Podíamos ficar pela janela o dia todo. Via o povo passando para a igreja, mulheres de preto que acompanhavam de luto fechado os atos da semana santa.

Bem defronte do colégio havia uma castanheira. De manhã bem cedo corríamos para o chão, apanhando as castanholas maduras, roxas como frutos litúrgicos. Às vezes as encontrávamos roídas pelos morcegos. Pouco nos importavam estes concorrentes madrugadores. Comíamos o resto que eles deixavam sem nojo de espécie alguma. E que nojo a fome poderia ter? Quebrávamos assim o jejum, como as castanholas que travavam na boca, arroxeando-nos os lábios como os das mulheres pintadas. E o jejum do colégio não tinha pena da gente. Muito fora da igreja o seu Maciel, mas para o jejum não havia ninguém mais de dentro. Comia-se uma bolacha ao café, e o almoço de uma hora da tarde nos deixava sair da mesa com fome. O velho Coelho protestava: quando morava em Recife, a sexta-feira da paixão era o seu dia para comer carne. Passava a semana santa no bife.

— Aquilo é um herege – dizia a negra Paula horrorizada.

— Não sei como não cai um raio em cima daquele homem.

Mas todo sacrilégio era em Recife. Na casa do genro, seu Coelho beliscava a pouca comida que nos davam.

Ficava com raiva da igreja, de Deus, de todo o mundo, quando a fome me apertava. Nunca sentira fome. Ali no colégio fora experimentar pela primeira vez a agonia de um estômago vazio num corpo são.

Ouvia, dantes, os pobres pedindo esmola:

— Uma esmolinha para matar a fome!

E pensava que aquilo fosse mais uma conversa dos mendigos, uma fórmula convencional para tocar o coração dos outros. Não podia avaliar o que queriam dizer aqueles olhos brilhantes, aquela língua seca dos pobres que batiam nas portas com as mãos estiradas. Ouvia o meu avô falar da fome de 1877. Mas no Santa Rosa a farinha e o mel de furo entretinham o povo nas secas prolongadas. Não sabia o que era os retirantes caindo mortos pela estrada. Esta dolorosa realidade para mim era mesmo que os contos da sinhá Totonha. Os sertanejos comiam gravatá cru, que chegava a cortar a boca. Escorria sangue da língua cortada. Não acreditava. Via os mais pobres do engenho no bacalhau e na farinha seca, os moleques de barriga empinada sempre mastigando qualquer coisa. E o sertão era o lugar mais longe do mundo para mim. Lá havia queijo por toda parte. Manuel Salviano trazia de umas fazendas do meu avô caçuás de couro carregados.

Entupiam a despensa. Mandavam presentes para os engenhos vizinhos, os queijos minando manteiga nos embrulhos. Um dia o vaqueiro chegou num burro magro, cor de barro das caatingas:

— O gado morreu todo. Não ficou nem uma vaca pra semente.

— Mentira deste ladrão – dizia o velho Zé Paulino, porque nos seus cercados o pasto nunca se extinguira de vez.

— Secão. O povo está morrendo pelas estradas. É verdade, seu coronel. Só quem come naquelas bandas é urubu.

Ficava pensando em como se poderia morrer de fome, se não era mesmo mentira do vaqueiro Salviano.

O jejum no colégio vinha-me instruir a respeito de fome, de pobres, de secas. Sabia agora por que os sertanejos cortavam a boca com gravatá, por que caíam pelos caminhos os retirantes, e de que morrera o gado do meu avô.

O velho Maciel estava outro para a gente. A palmatória entrara em férias também. Mas parece que ele ficara com o jejum para nos castigar. O pior é que não era contra ele que me revoltava. Virava-me contra o pobre do Cristo que se enchera de pregos na mão, se deixara lancear de lado a lado, para nos salvar. É monstruoso confessar: na sexta-feira santa blasfemei como um bêbado contra Deus. Mas se estava pior do que bêbado, se estava com fome! Nós tínhamos voltado da igreja à noitinha. Assistira ao ato inteiro com suores frios, os joelhos doendo, a cabeça tonta. O jejum não me servira para mortificações, para me elevar a Deus com o espírito. Não: ele me revoltava, me aproximava mais ainda das minhas fraquezas. Era um impaciente, que não suportava a menor restrição às suas precisões. E quando olhei para a sala de jantar, que não vi a mesa pronta, veio-me logo a certeza de que não se comia mais naquela noite. Na cozinha o fogão apagado, a negra Paula na igreja.

Fui para a cama porque não me aguentava mais nas pernas. O medo de uma vertigem me preocupava. Vira o Aurélio verde na igreja, caindo. Sempre tivera medo de perder os sentidos. E no meio sono, entre acordado e dormindo, fiquei esperando a hora da ceia. Na cama arrependi-me dos meus arrancos de raiva. Pecara grosseiramente. Num dia daqueles, tão grande, ofender a Nosso Senhor! O que seria a minha fome em relação ao sacrifício de Jesus, surrado, pingando sangue pelo caminho do Calvário, o coração atravessado de lado a lado e a cabeça para um canto, pendida pelo peso das dores! Tive medo, ali no quarto, sozinho, de um castigo. A cumeeira podia cair em cima de mim; podia morrer ali mesmo, como um bicho, em pecado mortal. Não pensava mais em comer. Saltei da cama para fora num ímpeto. E a mesa de jantar com os pratos e o feijão-de-coco e o bacalhau da quaresma para satisfazer ao sibarita incontentado. Mas tinha aprendido muita coisa sobre a fome.

11

Viera uma negra trabalhar na cozinha com Paula. Dizia que era de Recife, e sabia histórias para contar, histórias de feitiçarias de brancos castigados. A bexiga estava dando na rua do Crespo. Uma família rica mudou-se logo para outra rua. E a bexiga chegou lá. Correram para Beberibe, e quando mandaram a criada pedir uma coisa emprestada à vizinhança, ela encontrou um bexiguento na seca. A família, como doida, foi para Olinda. No caminho vinha numa rede um outro largando os pedaços. A dona da casa tinha dito que bexiga só dava em gente pobre. E para onde eles iam a peste se danava atrás. Na família não ficou um vivo. A taboca comeu tudo. "Os brancos têm muita soberba."

As histórias de feitiçarias arrepiavam. Uma branca dava numa negra com malvadez. A pobre fazia tudo na casa: cozinhava, lavava, tomava conta dos meninos. E a dona com o couro sempre nas costas dela. Ensinaram à negra que fosse ao catimbó. O mestre fez umas rezas. Deu o santo nela no meio da sala. Caiu estrebuchando no chão como cachorro doente, babando raiva. E a dona da casa começou a murchar. Murchou logo a mão da correia. Murcharam as pernas, depois. Andava pela mão dos outros. Foi a tudo que era médico. A cara parecia um maracujá maduro. Morreu beijando os pés da negra, pedindo perdão.

Contava também a história do barão de Nazaré. O barão nasceu na pobreza. Ficou rico vendendo negro. Os negros da Costa chegavam encomendados a ele. Foi no começo capitão do mato. Caçava escravo fugido com cachorro. Era mesmo que um bicho para ele. Foi indo, foi indo, até que enricou. Tinha um palácio no Recife. Os filhos, quando nasciam, se banhavam em bacia de ouro. Só saía pra rua em carruagem. "Vi ele uma vez no pátio do Terço, no carro. Parecia que carregava o rei na barriga. Deus é grande." O desgraçado juntara dinheiro na compra de negros. Fizera muita desgraça no mundo. Nasceu uma ferida na boca dele, que comeu o rosto todo. Bebia água num bule, e a única comida que aguentava era leite. E foi-se para trás, se atrasando, e terminou pedindo esmola pelas portas. A família nem quis saber mais dele. Só um escravo ficou com o infeliz até a morte.

O diabo da negra me arrastava para a cozinha e enquanto lavava os pratos ia batendo com a língua, contando os seus casos. Em tudo mostrava o seu ódio aos brancos. Como era diferente das negras do Santa Rosa – da vovó Galdina, da tia Generosa, para quem os seus brancos eram as melhores coisas do mundo! No Recife era assim: os negros botavam feitiço nos senhores, a bexiga matava as famílias ricas.

— Vá lá pra fora, seu Carlinhos – dizia a negra Paula.
— Deixe sinhá Francisca trabalhar.
— Ele não está me empatando.

E continuava as suas histórias de casas mal-assombradas, de senhoras de engenho pagando os seus pecados neste mundo. A mãe dela fora escrava do velho Suassuna do Pombal. A casa dele ainda estava de pé para se ver. A senzala parecia solitária de soldado. Aquele também o diabo o levara. Eu lhe perguntava se também tinha sido escrava:

— Deus me defenda! Eu peguei o ventre livre.
— Que diabo é ventre livre, sinhá Francisca?
— Não sabe não? Branco deve saber tudo. Quer dizer que eu nasci livre, menino. A lei mandava que as negras não podiam mais parir cativos.

O velho Maciel passava e me mandava sair da cozinha:
— Não quero menino na cozinha.

E saía apanhando os papéis que encontrava pelo chão. O diretor tinha a mania da limpeza da casa. Não podia ver um cisco qualquer, que não se abaixasse para apanhar. E era sempre uma briga com os criados e com a mulher quando botava as mãos em cima de um móvel com poeira. Tanto luxo com os móveis e a casa, e, no entanto, nos deixava na maior imundície. Os panos da cama passavam meses sem se lavar. E os percevejos engordavam no nosso lombo. Banho duas vezes na semana. De cuia, quando não íamos ao rio. O sabão estava na água salobra da cacimba, e os piolhos multiplicavam-se nas nossas cabeças. Era só coçar os cabelos com força, e eles caíam em cima dos livros abertos, nas horas de aula. Apostava-se com o número de mortos:

— Matei vinte hoje.

Estalavam-se na ponta das unhas os bichinhos gordinhos. Nos que dormiam em rede os percevejos faziam ginásticas pelos punhos, fedorentos, imundos, mas com os quais nos habituávamos a dormir. Os lençóis se tingiam do sangue dos que morriam de acidentes com as reviravoltas que dávamos na cama. Às vezes escaldavam as camas de vento no quintal. Ficavam elas de pernas para o ar, para a matança dos bichos, que se escondiam até da água fervente. O pescoço da gente criava lodo. Mas sujássemos a roupa antes do dia marcado, que o bolo lembraria ao pobre que o sabão do diretor custava dinheiro. Os panos da cama de Aurélio fediam, dizia-se lá. Mas qual de nós estaria livre do mau cheiro dos cobertores de meses? E ninguém caía doente. O clima da terra talvez que ajudasse a seu Maciel no seu desleixo. Aos domingos e às terças, depois do banho, engraxávamos as botinas. Ele queria ver os seus meninos de roupa escovada e sapatos limpos.

Sozinho no colégio, podia tomar banho todos os dias. Trancava-me no banheiro um tempão. A água me trazia essa vontade de recolhimento. Era o medo da água fria que me deixava nu a pensar na vida, isolado da gente de fora, nessa atitude primária de animal. O diabo pegava-me desprevenido em tais momentos. As recordações da negra Luísa e da Zefa Cajá ficavam ali, diante do tanque. E nem o medo de Deus, que estava em toda a parte, me salvava das deleitações libidinosas. Limpava o corpo, tirava o lodo do meu pescoço, embora ficasse de alma encardida.

12

A NEGRA PAULA TINHA sempre um menino preferido para os seus agrados. Botava mais coisas no prato dele, na mesa. Na merenda havia para o seu eleito sempre uma novidade: um pedaço de pão com queijo, uma banana a mais. Namorava assim a negra. Era uma forte: repelia as impertinências de seu Coelho, e quando o velho Maciel saía-se com os seus gritos, só fazia dizer:

— Quero ir embora. Só estou aqui por causa de Mila.

E o diretor, que mandava em nós todos como um déspota, cedia às ameaças de Paula.

Seu Coelho uma vez andou se botando para ela. E foi quase um escândalo no colégio. A preta gritou, chamou-o de "velho que não se dava a respeito". Mas tinha namoro com os meninos. No começo era com José Augusto, nuns agrados interessados demais. Zé Augusto era um mole. Ela passou-se para outro mais decidido, um dos que moravam no quartinho dos grandes. Chico Vergara me disse uma vez:

— A nega está fazendo safadeza com João Câncio.

De fato, João Câncio andava passando de príncipe: tapioca, mangas, pedaços de carne maiores no almoço, cocadas. A negra gostava de homens com força para o amor. Eu, porém, não acreditava em Chico Vergara.

Agora, sozinho no colégio, num dia em que estava trancado no banheiro, bateram devagar na porta:

— Abra, Carlos.

Perguntei quem era.

— Sou eu, abra.

E o diabo me visitou ali em carne e osso. O povo tinha saído.

Comecei então a comer melhor. A negra Paula me elegera para o seu coração. Era agora o favorito daquela Catarina Segunda de tachos e panelas. E quando o diretor saía de tarde, me chamando, eu não queria ir. D. Emília ia com ele. E o amor ficava me ensinando a crescer, a ficar homem de verdade. A negra tinha o mal dentro. Uma, duas, três vezes, me levava para fora deste mundo, nos arrancos de sua vigorosa animalidade. Depois eu pegava a pensar que diria Deus de tanto pecado.

Luísa, Zefa Cajá, negra Paula, o diabo deu a vocês três uns poderes a que eu não sabia resistir. O mundo aonde vocês me levavam era um canto bem diferente da terra das minhas mágoas e dos meus desconsolos. Mas é que essas viagens perigosas deixavam-me o corpo mole, como se tivesse andado caminhada de léguas. Um corpo lasso de velho e as mãos tremendo. E ainda afundado na minha melancolia. Negras que me ensinaram a amar, bem cedo vocês me instruíram no que havia de precário e de amargo no amor.

Sinhá Francisca parece que desconfiava da história.

— Olha o teu menino, Paula – disse uma vez na cozinha.

— Meu não, teu – respondeu a negra, disfarçando a ruindade.

Foram passados assim, entre Deus e o diabo, os dias de minha quaresma. Mais com o demônio, que se mostrava para mim nos dentes brancos e nas boas carnes da negra Paula. Deus ficava ainda de longe, bem de longe, no medo de que a cumeeira caísse sobre a minha cabeça, na longínqua desconfiança dos castigos.

No sábado de Aleluia, porém, o remorso me pegou de jeito. Falava-se de Jesus Cristo, que no domingo ressuscitaria. Era como se fosse uma tragédia daquele dia. Dizia-se:

— Ontem ele estava sofrendo, amanhã ressuscitará.

Isto com uma convicção de quem se referisse a um fato a se desenrolar aos nossos olhos. O Calvário parecia ficar mais perto que os Altos Currais. E esta certeza da morte do Deus feito homem e da sua ressurreição dos mortos me abalava na lama em que estava. Voltava-me o temor de morrer em pecado mortal. E depois da confissão já pesavam nas minhas costas tantas misérias! Podia mesmo amanhecer estirado na cama, com a alma ardendo nos infernos!

13

Fui a seu Maciel.

— Professor, queria ir me confessar.

— O quê? Confessar-se? Não quero carolas aqui! Esta é boa! Era só o que faltava no meu colégio: um jesuíta! Boa esta! Um beato querendo viver nos pés dos padres! É melhor que o senhor cuide de suas lições. Segunda-feira abro as aulas.

Sentia-se que ele falava das aulas com certa saudade. Aquelas palavras eram mesmo de quem ansiava pela meninada debaixo do seu terror. Quarenta anos de ensino diário faziam de sua escola o seu teatro. Não se lastimava, como os outros, desejando as férias como um repouso. A sua estação de cura ele a fazia tomando lições, botando de castigo, dando bolo.

— Só me sinto bem no trabalho – dizia nas conversas.

E por isso fechava o colégio em dezembro e abria em janeiro.

Mas o judeu tinha orgulho de sua obra. Falava com vaidade dos alunos que brilhavam lá fora: citava o nome deles nas aulas:

— Está aí o Otávio, o melhor aluno do Diocesano, o Oscar Lira, o Silvino, o Manuel Florentino. Chegaram aqui sem saber nada. Hoje me honram em qualquer parte.

Gostava de botar os outros para a frente. Os seus processos, porém, seriam cirúrgicos demais. Amputava tudo com dor, embora às vezes a amputação fosse um crime. Os anestésicos não existiam para esse flagelador de meninos. A palmatória era a sua vara de condão; com ela movia o seu mundo. Pensava corrigir e iluminar com pedaço de pau os que lhe chegavam às mãos para serem moldados a seu jeito.

14

Começavam a chegar os meninos das férias. Pareciam outros: com oito dias voltavam gordos e queimados. O primeiro que apareceu foi Vergara. Entrou triste, com um embrulho debaixo do braço. Viera sozinho no trem, com cara de quem tivesse sido apanhado outra vez para a gaiola. Ficou pelo quarto guardando o que trouxera. Deu-me uns tarecos para comer, e contou muita história. No armazém do pai vira um negro morrer com um saco de carne do ceará na cabeça.

— Quando se viu foi ele esticado no chão, botando sangue pela boca.

Estivera num engenho em Santa Rita. O engenho do pai dele só fazia aguardente.

— Aquilo não é engenho – dizia-lhe eu. — Engenho é o que faz açúcar.

— Eu vi a usina Cumbe. O açúcar lá sai branco. Usina, sim, que é bonito pra se ver. Você nunca viu usina.

Ouvira falar das usinas pelos moradores que voltavam da de Goiana. Quando ele me dizia que as moendas puxavam a cana numa esteira, eu me espantava. Via no engenho os negros tombando cana, feixe por feixe. Na usina a esteira puxava para a moenda, sem ninguém empurrar. Era só sacudir a cana em cima. Se caísse até gente, a moenda engolia. Me encantava a notícia dessa engrenagem das usinas. Pensava nos trens, nas maquinazinhas de brinquedo, puxando vagões de cana por dentro dos partidos.

— Açúcar de usina é limpo – contava Vergara. — Os trabalhadores não botam os pés nele, como nos engenhos.

A verdade é que as usinas já estavam ali para humilhar os banguês do meu avô.

Depois de Vergara, chegou Pão-Duro, da Guarita. Só falava na riqueza do pai:

— Meu pai está fazendo uma casa nova pra morar. Mandou buscar um pintor da Paraíba.

Era a empáfia que entrava outra vez no colégio. Mas ninguém lhe dava importância. Os seus queijos, as suas frutas, o seu pai, nós os eliminávamos dos nossos desejos e das nossas admirações.

— Eu vi teu pai terça-feira com uma boiada. Ele passou aqui no colégio no meio dos tangerinos.

Pão-Duro se encolheu todo, como se um choque qualquer lhe provocasse aquele retraimento. Lembrava os embuás de mil pernas: iam andando soberbos, porém mal a gente os tocava, encolhiam-se numa roda feia. Tinha vergonha do pai, ele que falava tanto na sua riqueza. Um cachorro esse Pão-Duro. No *Coração* havia um como ele, que não gostava de andar com o Focinho de Lebre, para não sujar a roupa de barro.

No trem da Paraíba, vieram os filhos do Simplício Coelho, todos desconsolados, com a saudade dos dez dias de Sapé se exasperando. O mais moço chorava.

— O que é isso, Tonhinho? – lhe dizia, agradando, d. Emília.

Chegou Heitor de Timbaúba. Só se ocupava do tio, que agora era o prefeito de lá. Rosa caíra. Sabia de histórias de políticos, de versos. Meu tio Lourenço não era mais nada em Timbaúba, dizia ele. Luís Dantas, dr. Bráulio, negro Zé Vítor se mudaram de lá.

Foi uma picada na minha memória. Heitor falara do velho Zé Vítor, o grande amigo dos meninos do Santa Rosa. Ele ia pelo São Pedro aos aniversários do meu avô, levando para a gente caixas e caixas de fogos. Um mulato gordo e alto, de cabeça raspada, mas com a barba toda branca: um Papai Noel crioulo que nós todos amávamos. Vinha para vender tecidos ao povo da festa e frascos de homeopatia. Voltava dos engenhos vizinhos quase não se aprumando no cavalo. Diziam que por lá lhe davam bebida para lhe comprar as coisas mais barato. Era um bêbado engraçado, dando grito em todo mundo. Botava-se no quarto dele uma bacia para os vômitos. E dava berros de fazer pena.

— Eu conheço seu Zé Vítor, Heitor.
— Eu também.

E cantava comigo uns versos que terminavam assim:

Lá vem o negro Zé Vítor
Com o Sinfrônio nas cacundas.

Referia-se às corridas que os dantistas deram nos do outro lado. Heitor, coitado, tinha coisas mais tristes para contar: a madrinha dele endoidecera. Fora para o asilo num carro especial todo fechado.

— Ela batia nas grades do vagão de fazer pena. O meu pai, irmão dela, está lá também.

Era o dono do Engenho Serra Azul. E Heitor contava coisas mais tristes ainda:

— O meu pai foi pro Recife amarrado de corda. Ficou doido. Um dia quis parar a roda-d'água do engenho com as mãos.

O pai doido e a tia doida. O meu pai no asilo e o meu nome Doidinho. Era uma ferida velha que se rasgava ali sem eu esperar. Para que Heitor me fizera aquelas confidências? Uma temperatura de abaixo de zero caía por dentro de mim. Doido o pai, doida a madrinha. O meu pai doido, o meu nome Doidinho! O resto do recreio eu passei longe dos meninos, calado, com a roda das minhas cogitações rodando à força daquelas sombrias histórias.

Sentia doenças imaginárias. Mal me contavam de uma moléstia, começava a sofrer sintomas, a pedir remédios para isto, para aquilo. Ali no colégio seu Coelho era o médico: dava doses até para gente de fora. Agora aquelas sombras sinistras dos meus dias cinzentos do Santa Rosa estavam outra vez na minha frente, somente porque Heitor batera demais com a língua. Fui para a cama pensando no meu pai.

— Esta moléstia é de família – dizia seu Coelho não sei sobre quem.

Sim, existiam famílias com o destino marcado com doenças, com males particulares distinguindo-as das outras. Famílias de tísicos, de lázaros, as que sofriam do coração, as que davam doidos para os asilos. Por que me botaram os colegas aquele apelido? Era um agitado, falava sozinho à noite, não parava num lugar, me tremiam as mãos quando pegava as coisas.

— Doidinho hoje está na lua – diziam eles querendo me aperrear, quando me viam mais nervoso que nos outros dias.

Outras vezes me machucavam assim:

— Hoje há lua nova. Doidinho hoje corre.

Aquilo tudo eu ouvia sem ligar. Heitor de repente rompera o equilíbrio da minha vida. Iriam me ofender de ora por diante as brincadeiras dos meus colegas.

Havia no colégio outro menino com o pai doente da cabeça. Magrinho, ele era assim como eu, agitado, impaciente. O pai andava solto. Alto, muito alto mesmo, e de barbas pretas, compridas. Sempre à noitinha uns uivos de dor, umas lamentações de quem estivesse em suplício, deixavam a cidadezinha impressionada. Quem em Itabaiana não cruzava os talheres na hora da ceia para deixar passar aquele brado angustiado de sofrimento que furava a noite como um mau presságio? Era o pai de Fausto, que morava na casinha do jardim público, urinando. Tinha o pobre pedras na bexiga. Via-o de olhar para um canto ao passar sacudindo os braços nervosamente. Era um andar certo de quem vai para um lugar determinado, mas ele não ia para parte nenhuma. Chegava no fim da rua, e voltava com pressa, parecendo que se esquecera de qualquer coisa. E era assim, para baixo e para cima, neste vaivém, horas seguidas. Tinha um chapéu alto e preto na cabeça, e não falava com ninguém. Porém todas as bocas da noite, como um relógio sinistro que desse as suas horas em lamentações desesperadas, gritava, infalivelmente, o pobre pai de Fausto. E a gente que tomava o seu café com pão, a boa gente de Itabaiana, os que eram felizes, haviam sem dúvida de refletir, àquela hora alegre da família, na advertência cruel de Deus. Quando o ouvia era como se alguém me chamasse a atenção para mim mesmo: olha, menino, o teu pai é um doido como aquele, um doido pior porque não pode andar solto. O teu pai está como o de Heitor, batendo nas grades da Tamarineira. Podes ficar assim como ele.

Dormia com este martelar impertinente na cabeça. Às vezes o homem gritava a noite toda. Ouvia reclamações:

— Aquilo é um absurdo! O pai de Fausto não deixou ninguém dormir. A lua apertou ontem.

Parecia que se referiam a meu pai. Sentia eu próprio a reclamação, como um filho de doido que era. Bom para Heitor e para Fausto. Queria ser como eles, indiferentes à sorte dos pais. Heitor chega gostava de contar a sua história a todo o mundo.

— Heitor, como foi que teu pai endoidou?

E lá vinha o homem querendo parar a roda do engenho moendo, a roda-d'água, com as mãos. Invejava esta insensibilidade, este não saber das coisas, do meu colega. Compreendi até que ele se sentia orgulhoso da doença do pai. E os meninos diziam: "O pai de Heitor é doido" no tom de quem anunciasse uma particularidade de engrandecer. É o mesmo que dizerem: "O avô de Doidinho tem nove engenhos", ou "O pai do Vergara é o homem mais rico da Paraíba". E Heitor, com aqueles olhos enormes que tinha, saltitando, bem satisfeito com as referências. Melhor assim, porque pelo menos as suas noites eram de sono profundo, sem a agitação das minhas noites de meditativo.

Não ficaram, porém, aí as minhas mágoas. José Augusto chegara de casa para me atormentar. Trazia na ponta da língua a história do meu pai e da minha mãe, e contou aos outros. Até aquele dia a minha família para o colégio era o meu avô. Quando os meninos se referiam à história de seus pais – meu pai disse isto, meu pai fez aquilo – eu botava logo o velho Zé Paulino na frente. Toda essa importância iria desaparecer com a chegada de Zé Augusto. Ouvira em casa o que os seus sabiam da minha gente.

— O pai de Doidinho matou a mãe dele – afirmou no recreio sem maldade alguma, somente para se mostrar aos outros.

Foi um choque rude para mim. Criaram-me em casa escondendo-me a tragédia de meus começos. Punham-me de longe, sem uma palavra sobre minha desgraça. Não falavam da morte de minha mãe na minha frente, não se referiam a meu pai a propósito de coisa nenhuma. Lembrava-me dele. Sentia uma pungente saudade dela. A minha memória fugia até o dia em que a vi estendida no chão e o meu pai me abraçando. Mas isto era comigo só, na intimidade das minhas recordações. Comigo ninguém nunca trocara palavras sobre estas coisas tristes. Nunca tiveram a coragem de bulir na ferida. Zé Augusto, sem querer, metera os dedos por dentro dessas chagas. Deixou-me sangrando.

— O pai de Doidinho matou a mãe dele.

Foi o mesmo que se tivesse descoberto ali, à vista de todos, a maior das vergonhas. E de repente, como se a torrente de minhas lágrimas se desencadeasse, não pude conter um choro convulso. Nem no primeiro dia de aula, quando apanhei, nem naquela surra da velha Sinhazinha, o pranto me chegou com tal desespero, que me tapava a garganta.

— Quem buliu com este menino? – perguntou seu Coelho, todo em compaixão.

— Ninguém. Foi seu Zé Augusto que disse que o pai dele matou a mãe.

— Seu cachorro, isto é coisa que se diga em recreio?

— Eu disse sem querer, seu Coelho.

— Passe lá pra dentro. O Maciel precisa saber disto.

Não tinha raiva de Zé Augusto. Aquele impulso que me fizera sacudir os pés em Pão-Duro não me arrastava a lhe querer mal. O meu choro era de dor, de vergonha da descoberta humilhante na frente dos colegas. O velho Coelho me chamou para perto dele.

— Venha cá, menino. Me junta estes frascos que tem aí pelo chão.

Ele queria ver se me consolava com aquele trabalho que era uma espécie de honra entre nós: lavar os frascos em que passava as suas doses. Fui para o tanque lavar as vasilhas de seu Coelho, e no silêncio do banheiro as minhas lágrimas brotavam sem parar. Depois o velho chegou-se para mim.

— Ainda está chorando, menino?

Não podia falar.

— Deixa de besteira! Você não tem culpa de nada.

Não era porque tivesse culpa que eu chorava. E me abri com o velho: agora os colegas tomariam conta de mim; falariam de meu pai em toda a parte.

— Não se importe. O primeiro que lhe tocar nisso, me chame; puxo-lhe as orelhas. Essas coisas não são para brincadeiras. Você, doravante, fica-me lavando estes frascos.

Quando voltei para o recreio, os meninos me olhavam com pena. Eles, que fugiam dos castigados, dos oprimidos do professor Maciel, se tocavam daquela maneira com o triste destino da minha gente. Deviam-me considerar muito infeliz, para aquela comiseração de olhos compridos. Mangavam do pai de Pão-Duro, da mãe de Licurgo, que era rapariga, contavam a prisão do velho Calheiros; mas o pai de Carlos de Melo fora desgraçado demais, e tinham pena do filho, do Doidinho, que não fazia, como Heitor, um romance da doença do pai. É que há dores que são mais fortes que a própria impiedade dos meninos.

Mas isto não me pensava as feridas abertas. Eu estava entre eles como um que não podia levantar a voz, que não tinha em casa um pai para competir com os deles. O velho Zé Paulino seria um substituto poderoso, cheio de dignidade, porém não me salvaria do opróbrio de um pai assassino. Tanto que me enchera de orgulho ao mostrar aos camaradas o meu avô, correntão de ouro e de chapéu do chile, levando-me para a feira! Ou então a dizer-lhes: o meu avô tem tantas cabeças de boi, o Santa Rosa faz tantos pães de açúcar! Se lhes falasse agora dessas grandezas, em confronto com a grandeza dos outros, poderiam me replicar vitoriosamente: mas o teu pai matou a tua mãe; é um assassino. Porém meu pai não era um criminoso: matou sem pecado, porque perdera o juízo. E os loucos não iam para o céu? Nunca que compreendessem assim os meus colegas. Toda aquela piedade seria somente para o primeiro dia, o da revelação. Mais tarde me sacudiriam na cara a vergonha afrontosa.

15

O DIRETOR COMEÇAVA A mudar. Aos poucos ia perdendo a cara mais humana dos dias da semana santa. Com o colégio cheio, parecia outro, o mesmo seu Maciel das aulas de outrora. Ainda no dia da chegada de Vergara fizera-lhe umas perguntas engraçadas. A cara, porém, estava se fechando aos poucos.

Interessante este homem, a quem a função exigia uma personalidade diferente da sua própria. Recuperava dessa maneira a sua odiosa fisionomia de tirano, de cruel extirpador de vontade, de amansador impiedoso de impulsos os mais naturais. Não era possível que não sofresse com o seu desejo de se mostrar outro. Mas não; ele gostava mesmo de dar, porque os menores pretextos lhe serviam para as corrigendas de bolo. Talvez que fossem as exigências de seu método, as regras de ensinar de sua escola.

Na Paraíba era proibido dar de palmatória, e isto mesmo porque o governo não sabia. Não havia governo para o professor Maciel. Quando lhe botavam os meninos no colégio, prevenia os pais:

— Castigo os alunos.

Só aceitava assim. Ao contrário, passasse a outro.

Os meninos chegavam de casa falando já nas férias de São João. Faltavam sessenta dias, oito terças, oito domingos. A saudade de casa forçava-lhes os cálculos. Dos internos só faltava mesmo Coruja. Tinham entrado dois novatos: Clóvis, um menino de dez anos, e Elias, de 18, meu primo, filho do coronel Manuel Gomes, do Riachão. Clóvis era da Paraíba, de um pai rico, e viera cheio de luxo, de recomendações a d. Emília. Vimos quando chegou, todo em roupa fina de casimira, com uma mala de couro bonita e uma cama de ferro com cortinado. O pai, todo cheio de mesuras, falava com o diretor:

— É uma criança muito débil, professor. Recomendo ao senhor toda a cautela. É muito dócil.

E o menino piscando os olhos, perto dele. O pai beijou-o, na saída. E houve choro, como sempre. D. Emília, porém, ficou com o pequeno, agradando. Com dez anos, e já na grade conosco! Só que não tinha mãe. E não tinha mesmo não. O pai casara-se naqueles dias em segundas núpcias. E nada para um casal assim em lua de mel como os meninos no internato. Ele beijou o menino não sei quantas vezes. Nunca pai de ninguém ali beijava os filhos. Eram uma coisa nova para mim estas carícias tão ternas. Os matutos que deixavam os seus meninos no colégio podiam ir de coração partindo de saudade, mas se mantinham a distância, davam a mão para o beijo filial, e saíam fazendo recomendações de severidade para com eles. O pai de Clóvis inaugurava ali as beijocas em público.

Lembrei-me do meu pai quando o vi aos beijos com o filho. O meu gostava de acariciar com aquela violência. Uma porção de vezes me abraçava, como se fosse a última ocasião que tivesse para isto.

Clóvis seria o menor dos internos. Com dez anos eu corria o Santa Rosa, mais livre do que um bicho. O bolo do seu Maciel iria amoldá-lo a seu jeito e semelhança. Vinha bem cedo para a disciplina malvada do colégio.

O menino estava ainda mudando. Os dentes da frente, maiores do que os outros, davam-lhe uma aparência de porquinho-da-índia. E chorava fino, num fio de voz, dando evasão às suas saudades de casa num pranto miúdo, bem diferente daquele meu choro convulso. Tive muita pena dele neste primeiro dia de internato. Lembro-me como se fosse hoje da recepção alegre que lhe fizemos, do bom tratamento que lhe demos todos nós. Trazia brinquedos para o colégio: entre eles um trem de correr na linha com uma máquina que trabalhava a álcool. Fomos ver as suas coisas na mala.

— Que estão os senhores fazendo aí? – perguntou seu Maciel, aproximando-se do grupo. — Brinquedos, aqui? Dê-me. O colégio é para estudos. As brincadeiras ficam em casa.

E tomou tudo o que Clóvis trazia: o trem de ferro e um livro de estampas grandes.

— Nos dias em que não houver aula o senhor me peça para brincar.

O menino olhou para ele:

— Papai disse que eu podia brincar no colégio.

— O seu pai manda na casa dele.

E saiu firme e calmo, como se não tivesse esmagado a seus pés as ilusões de um que chegava pensando que o colégio fosse outra coisa. Então o menino começou a fazer biquinho para chorar. Heitor deu-lhe uma castanhola madura. E eu comecei a inventar histórias para ele. O choro passou. E ficou conosco, bem alegre, até a hora em que fomos jantar.

— Venha para perto de mim, Clóvis.

D. Emília chamava-o para junto dela.

— Quero ver o que você come. Seu pai me disse que você é muito biqueiro.

Clóvis sentou-se junto de d. Emília, toda em cuidados, passando a mão pelos cabelos bonitos dele.

— O senhor precisa cortar esses cabelos de Chiquinho. Vou mandá-lo amanhã ao cabeleireiro.

O diretor pensava em estraçalhar aqueles dez anos que lhe caíam nas garras. Começava pelos cabelos com franjinha na testa, e terminaria inchando as mãos de bolos, como a nós outros. Talvez os gaviões não depenassem assim os pobres passarinhos em suas rapinas.

O outro era Elias, isolado para um canto, sem querer conversas com ninguém. Olhava para o chão como um doido. O pai viera deixá-lo no colégio. Um velho barbado, de fala preguiçosa, falando errado:

— O menino é estouvado, seu mestre. Genista. Puxe por ele.

Tinha vindo com um palito na boca, e cuspia no chão.

Elias não se deixou abordar. Ríspido, ao chegarmos para perto dele, eriçava-se todo, como um porco-espinho. Também o abandonamos na sala, sozinho, com a saudade das suas capoeiras e dos seus cercados. Heitor foi lhe dizer umas coisas, e ele deu-lhe as costas, asperamente, sem uma palavra, trincando os dentes. O diretor chamou-o, e mal se moveu na cadeira. Chamou a segunda vez, até que ele se levantou, com as calças no meio das canelas, e o paletó comprido, num andar de alguém a quem as botinas estivessem fazendo mal. Era um grangazá com barba na cara. Ia, porém, para o mesmo livro do Clóvis.

Lembrava-me dele quando passava no engenho com o pai e os irmãos maiores. Havia um de ombros sungados, piando a vida toda com um puxado crônico. E este Elias e mais outros. Chegavam no Santa Rosa de botas e faca de ponta no colete, como gente grande.

O velho Mané Gomes sofria críticas medonhas dos outros senhores de engenho. As terras dele ficavam na caatinga. Vivia diferente da maior parte. Uma vida sem fartura, de tacanho, com os filhos criados como os seus animais nos cercados. Nunca botara um na escola. Os outros levavam muito em conta essa história de mandar os filhos para a escola, pensando somente que era o bê-a-bá que fazia os homens mais alguma coisa do que eles. E gastavam fortuna com os filhos em colégios e em faculdades. Enchiam-se desse orgulho de fazer doutores. Manuel Gomes não ia com isto. Criava os meninos no bacalhau e farinha, no mesmo nível de seus moradores. Chamavam-no de camumbembe, ao bom velho, humilde, que junto de meu avô parecia servo, de falar com tanto respeito para um seu igual.

Agora, depois de tanto tempo, ele estava mandando os seus filhos para o colégio. Chegava ali Elias para amansar. Tinha as mãos de trabalhador. E quando foi para a mesa, comer, não sabia usar o talher. D. Emília o ensinou a pegar, empurrando-lhe os dedos duros para o jeito de manobrar o garfo e a faca. Aquilo seria um escândalo no colégio. Um bicho daquele tamanho mais atrasado do que o Clóvis, com os dentes imundos, botando a faca na boca, e que nunca tinha andado de trem!

16

Reiniciavam-se as aulas com o mesmo ritmo de antes das férias. Nem todos tinham chegado. Havia externos faltando. O velho Maciel falava destes com ironia:

— Estão fraquinhos! Já sabem muito!

E invectivava:

— Vão voltar uns ignorantaços.

Queria o viveiro cheio, bem cheio, que nem se pudesse abrir as asas à vontade.

Maria Luísa não voltara também. O irmão desde o primeiro dia estava conosco. Ela, não. Eu olhava para ele, vendo a irmã na sua cara, nos seus cabelos anelados. Chamava-se Miguel, e ficara-me querendo bem desde o dia da carta que mandei por ele ao correio. Eu não disse a seu Maciel quem fora o portador. E sem Maria Luísa na aula, desviava-me do meu *Coração* para olhá-lo. Era a cara da irmã, com os mesmos olhos grandes e a cor morena do seu rosto.

Desde que começaram as aulas, não apanhara ainda. Três dias sem um castigo fulminante. As férias me trouxeram esse progresso. O diretor distraía as suas fúrias com os novatos. O pobre do Clóvis fazia o seu aprendizado. Coitado! No primeiro bolo que lhe estourou nas mãos mijou-se todo. Caiu no chão esperneando, como um menino com má-criação. D. Emília correu para ele, cheia de pena sincera:

— Não faça isso, Maciel. É demais.

E levou-o lá para dentro, com a mão por cima da cabeça dele. Aquilo me revoltou.

Elias dava a lição no primeiro livro, às apalpadelas: A-P-A, apá, E-M-A, ema – arrastando-se como o choro dos carros de bois na estrada.

— O senhor precisa ler mais depressa. Já tem idade de academia. Faz vergonha este atraso!

Ele voltava para o seu canto, para olhar o tempo.

— Estude, seu Elias.

E ele olhando para cima, como numa afronta.

— Estude, seu atrevido!

E o mesmo gesto superior.

— Passe-se para cá!

— Não vou! – em voz atrevida de briga.

O diretor pulou da cadeira para segurá-lo à unha. Não se tratava, porém, de Clóvis. Era Elias do Riachão, com 18 anos, acostumado ao sol das caatingas, com mão dura de trabalhador. E ouviu-se o estouro dos dois no chão. Os meninos abandonaram a sala, aterrorizados com a cena. Os tamboretes rodavam, e os bofetes de lado a lado. Chegou Filipe para auxiliar a autoridade desrespeitada. O polícia cumpria o seu destino. Chegou seu Coelho, e com dois gritos chamou Elias à ordem.

— Deixem ele comigo. Passe-se para o meu quarto.

Mas o velho Maciel teria que se fazer respeitar. E sentado na sua cadeira, arquejava, botando a alma pela boca.

Não sei por que, fiquei do lado dele. Vira-o momentos antes dando em Clóvis cruelmente. Mas quando Elias se grudou com ele, rompendo a ordem da casa, foi ao lado do velho que eu fiquei. Tinha-lhe quase sempre raiva de morte. Seria capaz de atentar contra ele, se me dessem força bastante. E no entanto fiquei a seu lado naquele momento. Era talvez que o diretor se identificava conosco, com desvelos de pai. De um pai de coração duro, desses que amam os filhos porém dizem amar muito mais o futuro deles; e daí os corretivos de chicote em punho, a cara feia da manhã à noite. Via-o sentado numa ânsia de doente do coração, e tive pena do seu Maciel. Tudo aquilo ele fazia para o nosso bem. Abusava, é verdade, de sua autoridade, como um déspota que era. Havia déspotas assim, que amavam seus súditos, e súditos que rezavam por eles.

Elias era um bruto. A sua resistência ao castigo me parecia uma injustificável insubordinação. Ali todos se submetiam à palmatória. E aquela rebeldia violenta, em vez de me arrastar à admiração, me jogou aos pés do homem que nos tiranizava. A mãe de Licurgo tinha-me enchido de satisfação. Mas seu desafuero contra o diretor era uma voz de fora, não provinha do meio de nós. Elias era um dos nossos que se insurgia. Um que saía do rebanho para atacar o pastor. O pastor nos queria dentro do apertado círculo da sua vontade. Era malvado conosco. Surgissem, porém, os lobos por perto, que ele estaria pronto para empenhar a vida.

Por isso ou por aquilo, por amor filial ou por covardia, a verdade é que Elias não contou comigo naquele momento. O colégio quase todo ficou com ele. O velho Maciel o trancara no quarto do meio. Nem quis continuar a aula naquele dia. Ficou doente. Elias, lá de dentro, descompunha, batia com os pés na porta.

D. Emília falava em chamar a polícia:

— Com um bicho daquele só cadeia.

No recreio sentia-se o fato como um atentado regicida. A maioria emparelhava-se com o criminoso. E eu, que era um dos mais seviciados pelo mestre – para que dizer o contrário? – odiava a Elias. Não disse a ninguém. Mas no íntimo julgava-o um selvagem, incapaz de submissão, de satisfazer-se nos limites marcados pela autoridade. Não justificava minha repulsa assim. Apenas me sentia ao lado do diretor sinceramente. Pode ser que me julguem mal, mas a verdade merece este depoimento.

No outro dia jogaram Elias para fora do colégio. Seu Maciel disse na aula, com ar compungido:

— Foi o primeiro aluno que expulsei do meu colégio. Ensino há quarenta anos, ponho-me em cima desta cadeira para corresponder à confiança que me depositam. Por aí afora existem alunos meus que me respeitam, que me prezam. Até ontem, nunca me desrespeitaram. Nunca perdi um aluno assim. Todos têm tirado lucro do meu ensino.

Melancolias de um domador de feras que visse um tigre real fugindo de sua jaula.

— Seu Pedro Muniz, tive notícias de que o senhor andava jogando bilhar. Não quero jogadores aqui. Ou o senhor entra nos eixos, ou eu lhe parto as mãos de bolos.

A voz dele estava mais fraca. Elias envelhecera o diretor em alguns anos. Mas aquilo era somente a ressaca da luta, o enfado de um corpo velho pelo choque da véspera.

Maria Luísa apareceu naquele dia. Vinha para mim muito mais bonita, com um laço de fita azul no meio das tranças em novelos, mais gorda, mais queimada das férias. Sentara-se junto da banca do diretor. E eu comecei a andar atrás dos seus olhos. Viu-me de longe e sorriu. O triste das inconveniências de Zé Augusto e das revelações de Heitor se iluminava com aquele sorriso. Que me valiam todos os derrames da negra Paula ao pé daquele longínquo sinal de bem-querer?

A sala toda se modificava. Não me pareciam mais arrastadas aquelas horas. O tempo criava asas. E quando abri os olhos, já começavam os externos a apertar a mão do diretor para a saída. Maria Luísa ia embora também. Passava por mim com um olhar terno, cheio de uma luz amortecida. Olhar que seria a minha janela aberta, de prisioneiro, por onde o mundo me mostrava as alegrias e as purezas que ainda se encontram pelos seus reinos.

Maria Luísa: quantas vezes eu não me esforçava nas lições, enchendo a cabeça de regras e exceções, para não sofrer na sua presença a humilhação dos bolos! Aquele amor de anjo bom me ensinava o que nem a palmatória conseguia.

Ela uma vez ficou de pé. E enterrava a cabeça no livro, para se encobrir dos meus olhos. Chorava, de castigo. Era por isso que os homens se matavam pelas suas amadas, que faziam guerras, que iam morrer longe por elas. Mataria o velho Maciel, se pudesse, naquela ocasião. Derramei o meu tinteiro na mesa, onde fazia os meus exercícios.

— Seu porco. Venha para cá.

Apanhei para que Maria Luísa visse que eu também sofria com ela. Foi o primeiro sinal de grandeza que dei no mundo, este de me querer confundir com as dores de um outro. Sentia Coruja muito grande por isto. Chegara a vez de me elevar um pouco para mim mesmo. Sentado no meu canto, com as mãos ardendo, media o meu tamanho. Aquele gesto ficaria obscuro. E ainda mais nobre, mais puro assim, sem cair na vista e no comentário de todo mundo. Parecia que tinha dado a Maria Luísa a minha vida, pelo orgulho com que estava. Há uma alegria bem de Narciso nestes sacrifícios, pois nunca me senti tão alegre, tão cheio de satisfação pelo que fizera.

Maria Luísa saiu mais tarde que nos outros dias. As lições não estavam muito certas. O diretor deixava para saírem por último os que não traziam na ponta da língua as perguntas de História do Brasil, as regras de gramática, os problemas de aritmética. Gostei que ela demorasse por mais tempo. Quisera que ficasse até de noitinha. O grande que apanhara para se confundir com a namorada caía assim, a dois passos mais adiante, nesse desleixo de egoísta. Satisfazia-se com a namorada presa, somente porque ficava mais alguns minutos a olhá-la de longe.

Depois seu Maciel chegou com a fala mais branda:
— Maria Luísa, pode ir.

Arrumando os livros na bolsa, ela ainda chorava. Nem para mim olhou, nem me viu doido por ela, ansioso para que soubesse que eu sofrera, e me humilhara, para não a ver sozinha no castigo. O meu amor era puro de outras coisas. Gostava, porém, de se mostrar, não sabia se encolher, nem se ver pequeno diante de sua eleita. Andava com vontade de criar asas para voar. Não media as consequências de sua vaidade. Seu Maciel via, via como o diabo. Filipe via. Viam todos os meninos. E eu, pobre ingênuo, sem ver que eles me viam. Seu Maciel mudou a minha cadeira. Do canto em que estava agora não distinguia Maria Luísa. O velho desconfiava, conhecia de longe os passos de seus dom-juans.

17

Depois me apareceu um concorrente. Era um externo o meu adversário. Na minha vida não havia sofrido ainda as deslealdades de uma concorrência. Pedro Muniz punha-se na minha frente, neste jogo perigoso. Maria Luísa talvez não se importasse com ele. Era minha somente. Mas qual! Punha-me a vigiá-la nos seus olhares, a observar para que lado virava o rosto. Mudando-me de lugar, o diretor me afligia com a incerteza. Não podia mais espioná-la. Tinha o recurso das perguntas de palavras de que fingia não saber o significado:

— Professor, o que quer dizer florentino?

O ciúme tomou conta de mim, começou a chupar o meu sangue como os lobisomens. Aquela alegria boa, aqueles estremecimentos de um coração feliz, não tinha mais notícias deles. O meu amor agora era uma mistura de raiva e de satisfações. Bastava ver Maria Luísa virando-se para os lados de Pedro Muniz, para me agitar todo, morder-me por dentro. Ficava nervoso, erguia-me sem ordem no meu lugar.

— Sente-se, seu Carlos de Melo. Que diabo tem o senhor hoje?

E tinha mesmo o diabo comigo, um tormento que era mais desesperado do que os castigos. A menina a quem eu tanto queria, olhando para outro.

Uma vez surpreendi Maria Luísa rindo-se para Pedro Muniz. Aquele mesmo sorriso de barroquinhas na face, ela dividia com o externo. Chegou-me até vontade de chorar. Virava-lhe as costas quando passava por mim, vendo se com este gesto a repreendia por seu malfeito.

Ela ia para casa no fim da aula. Pedro Muniz saía depois. Sem dúvida se juntariam lá fora para conversar. Aí sim, que me aperreava. Eu, que vivia há meses gostando dela, nem lhe dera uma palavra sequer. Conhecia-lhe a voz quando dava lições. E Pedro Muniz conversava com ela. Iam pegadinhos até em casa; ele deixaria Maria Luísa na porta e ficaria de longe fazendo sinais. A tarde voltava para passar pela calçada. Sacudia cartas e recebia respostas. E eu trancado, amando de longe, como nas histórias que me contavam de caboclos. Amor de caboclo era assim, amor de besta, de mole, de sujeito sem sorte.

O colégio, para mim, tornava-se mais ainda uma prisão, uma cadeia, com Pedro Muniz e Maria Luísa lá fora. Lembrava-me de um preso do Pilar, morador do engenho, que matara a José Gonçalo. A mulher amigara-se com outro, e ele na grade mandando recadinhos para ela. O velho Zé Paulino mandou chamar a mulher para saber. Os filhos, de camisola rasgada de cima a baixo, pedaços podres de algodãozinho.

— Estava morrendo de fome, seu coronel. Os meninos com a goela no mundo, pedindo de comer.

Mas não era por isto, era mais por fogo. Porque ela dera os filhos aos outros: um ficou no engenho, o mais velho estava em Maravalha, o menor mandaram para o Oiteiro. E o pobre na cadeia sofrendo. Não sei por que a minha memória ligava estes fatos ao meu amor por Maria Luísa. É que eu estava preso como o negro, não podia fazer o que Pedro Muniz estava fazendo para agradar à namorada. Ficava na grade com a angústia do morador do Santa Rosa. Ele olhava pelos buracos da prisão o povo debaixo da tamarindeira, na feira de sábado. De lá veria os conhecidos. Era ali onde ia comprar o feijão maduro e o pedaço de carne verde que levava para a mulher e os filhos. Veria mesmo a mulher com os outros passeando na feira.

Fui com o meu avô ao júri, numa sala por cima da prisão. O velho Zé Paulino chamou pelo negro, e ele veio, cinzento da reclusão de muitos meses:

— O seu júri será na outra sessão.

— E os meus meninos, coronel?

— Estão em melhor lugar do que com a negra da sua mulher.

Por que então me recordava de tais coisas pensando em Maria Luísa? Ela não tinha me abandonado daquele jeito. E ficava logo pensando que só a mim queria bem. Era feliz outra vez.

No outro dia mudava tudo. Outro olhar, outro sorriso, e a mágoa e a desconfiança me arrasando. Tornava-me sem coragem para estudar, impaciente, errava as lições e o bolo não respeitava os maus humores de um namorado. Criei um ódio violento a Pedro Muniz. Gozava quando o diretor o chamava para a palmatória:

— Seu cínico, seu jesuíta!

Estas palavras, quando as ouvia sacudidas na cara do colega, faziam-me bem.

Havia no colégio uma legislação curiosa para o uso da latrina. O aluno que encontrasse o aparelho sujo era obrigado a retornar para dar conta ao diretor. Aquele que se servia antes sofria a corrigenda de bolo pela imperícia. Fazia-se ginástica nesses exercícios fisiológicos. E precisava-se mesmo de muita habilidade para se ficar livre da denúncia.

Um dia fui fora depois de Pedro Muniz, e voltei radiante para dar parte ao diretor:

— O aparelho está cuspido, seu Maciel.

— Quem esteve lá antes do senhor?

— Foi o senhor Pedro Muniz.

Nunca ouvi bolos soando melhor aos meus ouvidos. Olhei para Maria Luísa, vendo a impressão que lhe causara a minha denúncia. Nem dera pela coisa. Guerreava às claras o meu adversário. Ele também me retrucaria sem piedade. O amor nos ensinava a ser ruins.

Uma vez eu lera não sei onde que era o amor e a nutrição que faziam os homens grandes e pequenos. De fato, na semana santa, por causa de um prato de feijão, ultrajara miseravelmente a meu Deus. E agora Maria Luísa, com o seu olhar e o seu sorriso para outro, me conduzia, aos 13 anos, àquela infâmia com Pedro Muniz.

Dormi pensando naquilo. E o sono veio-me acordar o remorso com pesadelos medonhos. Ia por um caminho andando, ia andando por um caminho. "Pare aí, menino!" Era seu Maciel. "Pare aí, menino! Está vendo este sobrado grande? Você vai cair de cima dele em baixo." Me segurava na varanda e a varanda caía. E eu rolava com a alma fria de precipício em precipício. Acordei aos gritos.

Todos na casa despertaram.

— Que gritos são esses aí?

— É seu Carlos de Melo sonhando.

Diriam melhor que era o seu Carlos de Melo sofrendo. No outro dia comentavam:

— É porque ele dorme do lado esquerdo.

Era nada! E os meus sonhos com Maria Luísa já tomando outra feição. Sonhava com ela dormindo comigo na mesma cama, aos beijos, e acordava triste me vendo sozinho. Seria que ia mudando o meu amor? Às vezes na aula me enchia de raiva, queria-lhe mal. Via-a com olhos que não eram para mim com desejos maus. Tomara que ela morra – falavam por dentro os meus ódios de ciumento. É verdade: pensava perversamente na morte da amada, nas vezes de desespero. Era melhor que não voltasse mais para o colégio.

Podia arranjar outra coisa para pensar. Mas só pensava nela. Aquilo deveriam chamar de ideia fixa. Estava brincando no recreio, longe de Maria Luísa, sem sombra dela nos meus pensamentos. De repente caía no fraco, e fugia para o segredo do meu coração, roído de despeito e de vingança. Àquela hora Pedro Muniz estaria conversando com ela.

Refugiava-me nas quatro paredes da minha melancolia, com cismas de um celerado em ponto pequeno. Pensava em escrever um bilhete e deixá-lo em cima da mesa do diretor, dizendo assim: "Pedro Muniz está namorando com Maria Luísa." Mas não. Pensava em outras coisas piores. Em deixar uma carta na casa dela para o seu pai contando tudo. Passavam, porém, esses furores de intrigante. Bastava Maria Luísa passar por perto de mim no outro dia e botar-me os olhos grandes e o sorriso cândido, e tudo ficava outra vez no melhor dos mundos.

No recreio os meninos mangavam de mim:

— Cortaram o Doidinho! A namorada dele está com outro.

Não metera os pés porque fora Heitor. Tinha um pai doido como eu, e as minhas mágoas por isto me levaram a encontrar nele uma espécie de compatriota em terra estranha. O curioso, porém, é que esses pensamentos aperreados de amor passavam horas sem me tocar. Tinham um caráter de febre intermitente. Chegavam-me com dias seguidos de quarenta graus. Chupavam-me o sangue, matavam-me a alegria. Iam-se para longe. Havia horas em que Maria Luísa fugia não sei para onde. Parece, porém, que o diabo deixava que fosse embora para voltar mais absorvente ainda. Queria fugir de pensar nela, de lembrar-me de sua cara, e era como se me dissessem: olha Maria Luísa ali, olha o Pedro Muniz com ela. Doidinho, ela está olhando para o outro.

O amor era assim comigo.

A negra Paula regalava-se com os grandes, e mesmo os meus amores envenenados não me davam tempo para pensamentos que não fossem escravos do meu ciúme. E quando não pensava em Maria Luísa, não pensava em nada. Vivia dias inteiros de memória afetiva apagada, preso às revelações que os livros iam-me dando. E os livros compensavam-me dessas decepções, nas canseiras a que me forçavam. Histórias do Brasil, geografias, gramáticas, as suas perguntas, as suas regras e os seus exemplos tomavam conta da pobre cabeça que Maria Luísa punha às tontas, sem querer.

18

Numa manhã de maio o trem de Campina Grande me faria uma surpresa. Estávamos na sala, quando a porta da rua se abriu: Coruja entrava com o pai. O meu coração, sacudido pelas infidelidades de Maria Luísa, rejubilou-se com o acontecimento. O meu amigo voltava ao colégio. A sua vocação não se partiria. Chegou falando com seu Maciel com uma alegria que nunca lhe tinha visto na cara. Como entrava diferente dos outros, que vinham murchos como pássaros molhados de chuva! Os outros todos chegavam de casa pensando nos dias que faltavam para as férias próximas. A prisão, para Coruja, parecia que era o balcão da loja do pai. No colégio é que ele estava em casa. E depois não era só por isto: ele queria estudar, ir para diante, fazer o seu curso, embora para isto a pobreza do pai tivesse que fazer milagres. Agora não seria nada. Quando fosse para o Diocesano, sim, que teria que se apertar.

Como o velho Zé Paulino gostaria de um menino assim, com amor aos estudos, com essa ânsia de aprender, de ser gente! Gastara uma fortuna com um sobrinho, que morreu no segundo ano de academia. Formara o filho com trabalhos de quem estivesse tirando grandes safras de engenho, com os mesmos cuidados, as mesmas despesas, as mesmas contrariedades.

— Faz gosto ver os meninos do Castro. O pai anda por aí comprando boi para matar. Já formou dois filhos.

Sentia-se a mágoa dele diante da sorte do camumbembe feliz. Era o mesmo que se dissesse: eu gasto um dinheirão com os meus e não dão para nada. Como ficaria satisfeito se tivesse um Coruja por neto! Um que enterrasse a cabeça nos livros e fizesse figura como os filhos do Castro. Assim daria gosto gastar o seu dinheiro. Formar-se para voltar para a enxada, como o dr. Quincas do Engenho Novo e o dr. João do Itaipu, seus primos legítimos, não valia a pena. Percebia-se-lhe a contrariedade em não ver o filho Juca feito juiz de Direito ou procurado para defender no júri. O velho Zé Paulino, tão sem vaidade para as outras coisas, amava o luxo da bacharelice.

— Lourenço sim, que fez carreira.

Era o seu irmão mais moço, que chegara a desembargador. Fora formado por ele, mas lhe dava este orgulho – desembargador! – embora o dr. Lourenço gostasse mais de ter a sua casa de purgar cheia que a sua estante abarrotada de livros. Ficara também senhor de engenho como o irmão, e engrandecera mais a família no seu Pau Amarelo que nas atribuições do Tribunal Superior. O velho Zé Paulino tinha um irmão que lhe enchera as medidas.

O filho falhara: vivia a cavalo pelos partidos de cana, com ele. Queria sem dúvida um neto, agora, para a sua fome de bacharel fazendo figura, engrandecendo a família. Por que não seria eu esse seu neto procurado, esse enche-gosto de seus sonhos? Coruja, quase da minha idade, estava na classe de francês. Sabia gramática, escrevia descrições sem um erro. Quando era que eu poderia assim corresponder ao ideal de meu avô? Só se desse somente para estudar. Fazia planos: de agora por diante estudaria como Stardi. Ele também era burro, mas esforçava-se em cima dos livros e vencia os mais inteligentes da classe. Tinha a convicção de que era burro. Intrigava-me com os problemas das frações ordinárias. Decorava, porém, tudo que o velho quisesse. A gramática, com as suas regras, as suas definições: "Sintaxe é o tratado em que se estudam as relações das palavras entre si no discurso." Discurso para mim era aquilo que se fazia na tribuna, um homem no meio do povo falando. Sintaxe para isto, para se aprender a falar bonito. Decorava as exceções, os exemplos: os estudantes de São Paulo fazem raramente exames em Recife, finca-pé, puxavante, piano de cauda, busca-pé, mata-moscas, bem-te-vi, na quinta-feira santa fui ao lava-pés, o exército dos persas invadiu a Grécia, Júlio César venceu os bárbaros, ele estuda mas não aprende. E era mesmo: ele estuda mas não aprende. Estudava essas coisas, todos os dias, sabia o livro de baixo para cima e não aprendia. Por que Coruja pegava tudo no ar? "Adiante, adiante, adiante!", e quando chegava nele, a resposta caía correta, firme, sem medo.

Agora estava ali outra vez, no colégio. No recreio contou-me tudo. O pai não podia mais gastar dinheiro com ele. Mas a mãe fez tudo, pediu tanto, que o velho só teve que vir trazê-lo.

Podia conversar com o meu amigo à vontade. Depois das férias tinham-nos dado anistia geral. Começava-se vida nova. Por isto andava com Coruja conversando. Não tive coragem de falar-lhe das minhas histórias com a negra Paula, mas falei-lhe de Maria Luísa.

— Namoro é besteira – me dizia ele. — Você precisa estudar para ir para o Diocesano. Para o ano estou lá. Papai vai me botar externo na casa de um tio dele, na Paraíba.

E contava-me do mês que passara no balcão da loja, medindo algodãozinho e vendendo fitas, carretéis de linha... Quando não havia fregueses para despachar, estudava os seus livros. O padre de lá pediu-lhe para dar umas aulas noturnas aos meninos pobres. Ensinou umas noites a gente até de barba na cara. Todo o mundo dizia: é pena que José João não estude. O pai sofria com isto. Mais do que ninguém, ele desejava ver o seu filho no colégio. Mas seria um sacrifício. A mulher ajudou-o a fazer este sacrifício. E viera trazer o menino.

Ouvi a história do amigo pobre com um remorso de estar gastando o dinheiro do velho Zé Paulino. Se pedisse a ele para educar o Coruja? O dr. Lourenço não formara um moleque da sua cozinha? Tanto dinheiro que botavam fora, e uns poucos de mil-réis fazendo falta àquela família pobre do Ingá! O pai de Coruja, a mãe e a irmã deviam passar necessidade para vê-lo nos estudos. Sem dúvida deixariam as missas de domingo, as festas da Padroeira, porque não podiam fazer vestidos. O pai botaria para fora o caixeiro: a mulher ficaria na loja enquanto ele corresse para o almoço. Tudo para que Coruja estudasse. Ele bem que correspondia a todo esse heroísmo. Seu Maciel dera-lhe bolos por minha causa, mas gostava dele. Elogiava-o na classe:

— Olhe, seu Olavo. O senhor é um varapau, mas vive a levar quinau do seu José João.

Chamava-o para mostrá-lo às visitas:

— Deste tamanho, e já está traduzindo o *Gênio do cristianismo*.

Coruja ficava vermelho com estas exibições. Se fosse Pão-Duro, com que ar chibante não voltaria para o meio de nós! Este agora andava todo pegado com o Clóvis, enganando o menino com doces e pedaços de queijo, num chaleirismo que nos deixava preocupados. Pão-Duro também tinha coração. Mas não era porque Clóvis fosse pequeno, não tivesse mãe: era porque Clóvis era bonitinho. Aos domingos passava o dia vendo as revistas do menino, lendo para ele as histórias do *Tico-Tico*, que o pai lhe mandava pelo correio. A gente queria ler, mas Clóvis não deixava:

— É para Mendonça.

19

Pão-Duro tinha inimigos cruéis. Para que deixava ele apodrecer no fundo da mala as bananas que lhe mandavam de casa? Os seus amores encontrariam espias impiedosos. Ele dormia com Clóvis no mesmo quarto. A rede de um junto da cama de cortina do outro. Ninguém via coisa nenhuma, senão Pão-Duro estava desgraçado. Imaginava-se somente. As suposições, porém, criavam corpo de coisa vista. Contei a Coruja.

— Não acredito nisto, Carlos. Será possível!

Acreditava eu porque era Pão-Duro. Não falava com ele, e mal nos via perto de Clóvis assanhava-se todo.

O menino contava coisas de casa do pai:

— Quando mamãe morreu tiraram os dentes de ouro dela. Vovó pediu. Fazia mal enterrar gente com dentes de ouro, porque a terra não comia.

Falava também do casamento do pai:

— Dormia com ele no mesmo quarto. No dia do casamento fui dormir na casa de vovó. Papai beijava a nova mulher quando mamãe estava viva ainda. Eu vi uma vez no banheiro.

Pão-Duro ficava por perto, rondando a conversa.

— Clóvis, vem cá.

E o menino ia-se. Era mesmo o dono de Clóvis. Ia-lhe custar caro esta soberania absoluta.

A chegada de Coruja mudara um tanto a minha vida. Maria Luísa já não brincava comigo a todas as horas. Um amigo me arranjava meios para me defender da perseguição absurda da minha mania.

Maio estava quase no fim. E os dias de São João nos sorriam de fora das grades, com todas as promessas. Olhava para a folhinha da sala de estudos: 29, 30, 31. O diretor de manhã mudava os números do calendário fixo que o pai de Vergara lhe dera.

1º de junho, o mês gostoso dos 21 dias em casa. Contavam-se as horas. 240 horas; ainda tantas de aula, tantas para dormir. Até lá eu não apanharia mais. A cada número novo da folhinha, calculava-se. Vencia-se um dia, anoitecia-se pensando no outro.

3 de junho.

— Eu vou terça-feira – dizia um.

Outros, mais felizes, sairiam antes. Havia os desconsolados porque os trens da Paraíba passavam mais tarde. Os trens do Recife tinham vantagens de poucas horas sobre os outros, mas voltariam mais cedo. Quem pensava na volta?

Cinco dias antes das férias estourou o escândalo de Pão-Duro com o Clóvis. Aquilo não podia mais continuar como estava. Seu Maciel era como certos pais irascíveis, que brigam com as filhas por coisas insignificantes e no entanto as deixam por lugares escuros namorando. O namoro de Pão-Duro dava na vista. Botava a cabeça de Clóvis nas pernas para catar piolhos.

— Clóvis está empestado – disfarçava. — Estou limpando a cabeça do bichinho.

E aquele catar de piolhos levava o recreio todo. Era quem arrumava a mala do menino, engraxava os sapatos, pregava os botões na roupa. D. Emília não tinha cuidado com ele.

— Se fossem irmãos não seriam tão unidos – dizia ela, pensando que Pão-Duro fosse capaz de interesse de irmão por alguém.

O velho Coelho era um homem da vida. Ele sabia medir até onde ia a amizade e onde começava a malícia:

— Aquilo está me cheirando à frescura.

No banho do rio não deixava Clóvis sair de junto dele. Pão-Duro ficava rondando, todos de olhos compridos, dando mergulho para estourar embaixo do menino. E este tinha umas risadinhas de quem estivesse com cócegas.

Mas o dia de Pão-Duro chegou, ou melhor, a noite de Pão-Duro. Ele pensava, como todo apaixonado, que o mundo tinha os olhos e os ouvidos fechados: só eles existiam, só eles viam e ouviam: o resto era mudo e cego. Clóvis e ele dormiam no mesmo quarto, e os inimigos de Pão-Duro não dormiam. E deu-se o escândalo. Parece que foi João Câncio quem gritou de madrugada: "Seu Maciel, Mendonça está na cama de Clóvis."

Melhor seria que não tivesse alarmado. Aqueles cinco dias de véspera das férias nos custaram a passar. O internato ficou todo de castigo, em interrogatórios. O velho queria saber de tudo:

— Os senhores são os culpados. Deviam-me ter prevenido desta pouca-vergonha.

Ninguém via os dois. Ouvia-se, sim, o choro miúdo de Clóvis lá para a sala. Pão-Duro trancado no quarto onde estivera Elias. O diretor me chamou para perguntas. Recebi o chamado com alarme.

— Então, seu Carlos de Melo, o senhor também andava em segredos com Clóvis?

Não, não andava em segredos.

— Falava com ele como falo com os outros.

— Que conversava o senhor com ele?

— Coisas à toa. Ele me contava histórias de casa.

— E o senhor Mendonça, o que conversava?

— Não sei não senhor. Nunca ouvi nada.

— Esta é boa! O senhor não ouvia nada, não é?

— Não senhor. Eles viviam em cochichos.

— Vá embora. E mande aqui o senhor Heitor.

Depois chegou Heitor chamando Chico Vergara. E ouvia-se, vindo lá de dentro, o tinido do bolo. Até Filipe andava com medo. O diretor botara culpa para cima dele. Não tomava conta de nada, era um leseira.

Na mesa o velho não olhava para ninguém. Estava acabrunhado. De vez em quando, sem se esperar, largava uma frase:

— Desmoralizaram-me o colégio!

Notava-se a sua mágoa com a fraqueza dos meus colegas. Aquele mesmo ar de tristeza da expulsão de Elias, cara de pai com filha desonrada. Clóvis vinha para a mesa de cabeça baixa. Coitado! Tinha pena dele. Fora um fraco nas mãos grosseiras do outro. Os colegas mangavam:

— Cadê Maricota? Vão casar amarrados.

Mas que culpa podia haver naqueles dez anos de sua vida? Pão-Duro, sim, que era um safado, um somítico. Diziam que ia ser expulso. Ouvi d. Emília falando:

— Não precisa expulsar. Basta separar um do outro. O pequeno não tem culpa. É preciso somente vigiar o grande.

E os dias das férias chegando. Dormia sonhando que já vinha de volta do Santa Rosa. O trem corria para Itabaiana. O bueiro do engenho sumia-se de longe. Mas acordava: estava ainda no colégio.

Seu Maciel chamou o pai de Pão-Duro, e entregou-lhe o filho. O homem fez questão: daria uma surra no menino, mas ficasse com ele.

— Pois bem, leve-o. Basta trazê-lo depois de São João.

Vi com inveja Pão-Duro arrumando a mala. Não olhava para ninguém. Botava fora as cascas de queijo e as laranjas murchas, de vista baixa. Devia sofrer muito. Dois dias trancado, e aquela ameaça do pai – "dou-lhe uma surra de matar" – sem dúvida andaria bulindo com a sua alegria de ir embora.

20

8 DE JUNHO. Já nem se conversava mais sobre o escândalo. Até Clóvis se ria para a gente. Para alguns seria a última noite de colégio.

— Amanhã vou dormir em casa – dizia João Câncio.
— Vou dormir no manso.

Coruja recebera carta de casa pedindo-lhe para ficar. O pai escrevera também ao diretor falando nisto. Para ele era melhor. Parecia um homem o meu amigo. Os filhos de Simplício Coelho iriam sozinhos. Vergara também. Bem-bom para estes, que não precisavam esperar ninguém. Para mim não havia ordem. Tinha que esperar o portador, tio Juca ou qualquer outro.

9 de junho. Grande expectativa. Se não me viessem buscar?... Uma noite com a dúvida dormindo comigo. E que companheira mais incômoda para uma noite em que se ia dormir pensando na liberdade? Que sofreguidão não seria a dos presos que premeditavam fugas, os que passavam meses furando paredes grossas de cadeia para fugir! Que sonhos não teriam estes homens, sonhos compridos com o mundo, com as alegrias da liberdade! Eu não dormia. A menor preocupação cortava-me o sono. Passava horas inteiras de olhos arregalados. Seu Maciel escrevera para virem me buscar. Poderiam ter-se esquecido. Estavam tão quietos sem meninos por lá, que talvez se esquecessem de propósito de mim. E depois, tinham tanto em que cuidar! Ao mesmo tempo a certeza chegava; não, viriam me buscar. Parece que eu ouvia o velho Zé Paulino na sala de jantar, na hora da ceia: "Seu Juca, amanhã é para o senhor ir a Itabaiana buscar o menino." E com pouco lá outra

vez a desconfiança. Qual nada! Esqueciam-se de verdade. A carta do diretor chegara, o meu avô lera. Botou-a em cima da mesa. E o vento a levou. Ninguém lhe falou mais em mim, e a coisa passou. Tia Maria estava no engenho. Logo viriam, na certa, me buscar. Tia Maria, porém, andava com as suas preocupações, e seu nervoso, com o parto nas proximidades. Se lembraria nada! Sim, se lembraria! Ela não ficara aperreada com a minha carta?

E isto ia longe. Ouvia o relógio da casa batendo uma hora. E o seu tique-taque na sala de jantar parecia ali dentro do meu quarto. Aurélio roncava como um porco. Estávamos numa segunda-feira. E o coco se arrebentava lá fora, para as bandas da cadeia. O povo passava a noite com o zabumba reboando. De muito longe escutava-se o estribilho saudoso:

Engenho Novo,
Engenho Novo,
Engenho Novo,
Bota a roda pra rodar.

Era mais ainda para me magoar aquela história de Engenho Novo do dr. Quincas. Mas lá não havia roda-d'água. Então seria outro Engenho Novo. Mas era um engenho como o Santa Rosa. A saudade que o coco ia me dando fazia crescer a minha sofreguidão. Ouvia passando pela rua as boiadas para a feira, sob o aboio triste dos tangerinos – êh-booi! E o rumor dos cascos do gado no calçamento. Ouvia tudo o que a noite fazia. Naquelas horas caladas, todos os rumores falavam mais alto. No quarto de seu Maciel a cama ringia com os sonos maldormidos. E passava gente assobiando pela calçada. Com mais tarde era o povo chegando para a feira, gritos de cargueiros, conversas de que não se entendia nada, todo este barulho que o meu medo de ficar esquecido me obrigava a escutar.

Depois, paravam na porta:

— Mande o gado para os Altos Currais. Me procure no hotel.

Gente sem dúvida chegando para os negócios.

Manhã alegre se estivesse contando na certa com a liberdade. Não contava, porém. E até a hora do trem foi esse desassossego aborrecido. Ouvi o apito da máquina com um frio de medo. Podia não vir ninguém. Fui à janela olhar o povo que saltava. Não via pessoa alguma de casa. Já o horário partia para Recife, e ninguém no colégio para me ver. Fiquei na janela um tempão, descobrindo nos que vinham ao longe o tio Juca. É aquele, pensava. Não era. Agora era mesmo. Aproximava-se, subia para a calçada do padre. E nada. Coruja havia saído com o pai para a feira. E a expectativa de horas me cansava. Não havia dúvida. Não se importavam mais comigo. Povo ruim aquele do Santa Rosa. Todos tinham em casa amizades que não perdiam a memória. Menos eu. Sentei-me no fundo da sala de estudos meditando nessa desventura de esquecido. O velho José Paulino, tio Juca, todos uns parentes sem coração para mim. Chorei ali, no meio dos tamboretes, a infelicidade de não ter uma mãe e um pai que se lembrassem de mim, que dormissem sonhando com a volta do filho para casa. D. Emília chegou-se para mim e perguntou:

— Não veio ninguém lhe buscar? Só Aurélio.

Só Aurélio! Emparelhavam-me com o pária, o sem amizade no mundo, o que era o nojo de todos, a vergonha da família! Se tivesse mãe, parece que estava vendo as cartas de dias antes das férias: "Carlinhos, prepare a sua roupa; vou lhe mandar buscar no dia dez; estude para seu pai ficar satisfeito." Sacudiam-me ali porque fosse talvez mais fácil assim me suportar. Gastavam dinheiro comigo, mas pouco se importavam que eu ficasse bem longe. O tio Lourenço não formara uma cria de casa? Se arranjassem um lugar para me soltar, seria melhor. Até a madrasta de Clóvis escrevia a ele. E vieram, ela e o marido, buscar o filho no colégio. Até as madrastas davam mais importância aos enteados. E elas, que os contos pintavam tão cruéis, tão impiedosas para os meninos!

Seu Maciel quando chegou da rua ainda me encontrou sentado, olhando para o chão, triste como um pé de mato murcho.

— Não o vieram buscar? Escrevi a seu avô. Boa bisca deve ser o senhor, para a sua família esquecê-lo assim.

Não era ruim assim como ele pensava. Estavam ali no colégio piores do que eu, e os pais se lembravam deles, e as mães lhe mandavam presentes. A minha gente, sim, que não prestava. Caía aos meus pés, aos pedaços, a grandeza do velho Zé Paulino. Era o primeiro dissabor que o grande velho me dava. Em pequeno, se não era um terno para o seu neto, fazia, no entanto, sentir o seu amor com gravidade, com essa distância que certos temperamentos guardam para as afeições mais íntimas. Aquilo de abandonar-me como um desgraçado me magoava até as profundezas.

Que dia miserável foi aquele para mim! Deitado na rede de seu quarto, seu Coelho tirava a sua sesta.

— Não se importe. Amanhã chega gente para lhe levar.

Consolo muito fácil aquele! Viria nada! Queriam mesmo que eu ficasse pelo colégio, como um enjeitado, um menino de asilo. E a minha mágoa foi crescendo, me doendo cada vez mais, que quando Coruja chegou não me contive:

— Coruja, vou fugir.
— Para onde?
— Vou para casa a pé.
— Você está doido, Carlos? Amanhã bate gente pra lhe levar.

Calei-me para ficar mais íntimo da resolução. Esperaria outro dia, e se não aparecesse portador do engenho, podiam contar com a minha fugida para o Santa Rosa. Interessante é que nunca uma resolução me chegou mais fácil e mais pronta. E chegou-me naquela troca de palavras com Coruja. Não pensava em fugir antes de falar com o meu amigo. Saíra-me aquilo da boca, num impulso, e ficara mesmo resolvido. Fugiria se não me viessem buscar. Iriam ver como eu repeliria o desprezo que me davam. Um indeciso de tudo, olhando as encruzilhadas sem a coragem de uma iniciativa. E, no entanto, uma vontade me dominou inteiramente. Se até amanhã não chegassem, me danaria pelo mundo. E imaginava-me aparecendo na porta do Santa Rosa, roto, de pés feridos. Que vissem eles o que fizeram comigo. Dormi quieto, com o plano estabelecido na cabeça. Nem me importava mais que viessem: ia fugir. Era até melhor.

No outro dia, estava eu na janela olhando o povo que descia do trem. Os mesmos tios Jucas de longe, as mesmas decepções. Um era todo ele: chega vinha com a bolsa e o guarda-pó na mão, num andar compassado, tão meu conhecido. Botava-se de cabeça baixa para as bandas do colégio.

E passou pela porta. Um amigo do dr. Bidu. Aquilo era um horror. Que parentes tinha eu! Seu Coelho mesmo me disse:

— Se o Maciel tivesse um portador, era o caso de lhe mandar levar. Não se faz isto com ninguém.

Condenava deste jeito a minha gente. De tarde fugiria. Combinava a hora. O melhor momento era quando fossem jantar. Fingiria que não queria comer, e enquanto estivessem na mesa, meteria as pernas pelo mundo. Estava assim no fundo do quintal tramando o meu plano de fugida. Havia três caminhos: a estrada do povo, o caminho de ferro e a beira do rio. Pelos dois primeiros podiam me pegar. Era só mandar gente a cavalo e alcançariam o fugitivo num instante. Pela beira do rio seria mais longe, cheio de areia fofa para enterrar os pés, mas havia isto de bom: ninguém se lembraria de me procurar por lá. Estava certo. Na hora marcada me escapuliria.

21

Vi Coruja correndo para mim:

— Carlos, chegou uma pessoa lhe procurando.

Nem dei tempo para terminar, com a carreira com que me botei para a sala de visitas. Era o negro José Ludovina.

— Seu Carlinhos, como vai? Vim buscar o senhor. Doutor Juca não pôde. Vinha na terça, mas Maria Menina deu à luz. Graças a Deus está em paz. O coronel ficou medonho porque ninguém veio buscar.

Fui arrumar o meu embrulho com um travo na alma; o velho Zé Paulino injuriado por mim. Estava medonho porque não me vieram buscar, e eu fazendo as mais injustas restrições ao meu grande amigo. A alegria, porém, me curava de todos os remorsos. Com mais uma hora estaria na estação para tomar o trem. Zé Ludovina, de casimira e colarinho alto, esperava por mim conversando com d. Emília:

— Seu Carlinhos adiantou-se?

Indagava por mim, pelo companheiro de vadiagem de seus filhos, dos bons moleques do Santa Rosa. Com pouco mais eu iria ver a todos.

— Vamos, seu Carlinhos. Preciso comprar umas encomendas pra dona Sinhazinha.

Ao lado do negro do meu avô, senti-me honrado, cheio de mim. Onde ele chegava era conhecido:

— Oh! Seu Zé Ludovina, como vai? O que nos compra hoje?

Era ele que fazia as compras do engenho, e por isto as lojas tratavam tão bem o freguês opulento. Seu Filemon, todo em mesuras para o representante do Zé Paulino, com tudo que era "esses" na ponta da língua:

— Breve irei ver aquela boa gente de lá.

E o negro ria-se, naquela alegria orgânica, com todos os dentes de fora:

— Pois não, seu Filemon.

Parecia que eu já estava no Santa Rosa, com aquelas manifestações de respeito ao povo de lá e o riso hospitaleiro de José Ludovina.

O trem passava à uma hora. Sentei-me num canto do carro, bem seguro de que estava mesmo indo para casa. Vi o seu Maciel na plataforma:

— Adeus, seu Carlos. Vá direitinho.

Não tivesse cuidado, que o seu escravo não iria errar o caminho da terra da promissão. E nos 15 minutos da espera do trem, pensava nos planos de minha fugida. Parecia uma coisa absurda aquilo que planejara. Perto da felicidade achava impossíveis os recursos extremos com que me animara a conquistá-la.

E o trem começou a andar. Passou pela porta da cadeia: os presos olhavam das grades. Talvez fosse o grande espetáculo deles, aquele trem indo e voltando todos os dias. Lá estava o cemitério pequeno, que nem tinha lugar para ninguém. O poço de Maracaípe, onde tomávamos banho com seu Coelho. As últimas casas de Itabaiana, e o rio correndo com o trem para o Santa Rosa. Vinha depois todo amarelo, o sobrado da Galhofa, do velho Germiniano. O meu avô dizia sempre:

— Homem danado o Germiniano. Cego, roubou moça para casar. Formou dois filhos.

A coisa maior para ele era esta de formar os filhos. E o velho Germiniano, naquela Galhofa, quase um sítio do seu engenho, dera dois bacharéis ao Pilar. E a minha alegria de liberto fazia cálculos para agradar ao meu avô. Também me formaria.

Os passageiros perguntaram o que queriam dizer aquelas letras do meu boné. Explicava satisfeito, sentindo um certo prazer em decifrar para eles as iniciais do meu presídio.

Mas nem a estrada de ferro, nem os passageiros, nem o mundo por onde corria o trem existiam de verdade para mim. Só o Santa Rosa estava na minha frente. Tudo mais eram caminhos para ele. Há dez anos fizera com o tio Juca aquela viagem. Os meus olhos de quatro anos se debruçavam pela portinhola dos vagões para ver os fios do telégrafo subindo e baixando. Agora, porém, os meus olhos já alcançavam mais longe. Havia além recantos muito amigos deles: os campos, as árvores, os moleques e os bichos do meu engenho. Carlinhos não descia para um reino desconhecido. Era para o seu mundo, para o maior brinquedo da sua infância, que o trem às carreiras o levava daquela vez. Chegava-me para perto do Zé Ludovina, como se estivesse com medo de não chegar até lá. O trem parou na estação. O caminho do Santa Rosa era o mesmo, coberto de lama, com os mesmos atalhos, com os matos verdes batendo no rosto da gente. O açude verde de baronesas por cima. E verde, muito verde de felicidade, o menino que chegava de seu orfanato. Cantavam os canários pelas cajazeiras cheirando ao ácido dos frutos maduros. Talvez que fossem os mesmos canários que cantavam na minha saída para o colégio. As cabreiras amarelas, e o bom silêncio da estrada, quebrado de quando em vez pela enxada do pobre tinindo em alguma pedra escondida no roçado. Nunca uma meia hora me encheu tanto de vida como naquele dia. Tudo cheirava para mim: até a terra das covas de cana abertas, naquele instante, para o plantio de junho. Até a terra cheirava para os meus sentidos de sentenciado em liberdade – o bom cheiro das profundidades, do coito silencioso das sementes derramadas pelas suas entranhas. Os moradores paravam o cavalo para perguntas:

— É seu Carlinhos! Veio dos estudos? Está magrinho, seu Zé! Com pouquinho ninguém não conhece mais.

Lá estava a casa de Zefa Cajá, sem portas, com as palhas podres: a dona tinha-se ido para outras terras. E o bueiro branco do Santa Rosa surgindo no meio de umas árvores grandes. Como batia o meu coração chegando em casa!

22

A casa-grande me festejou se derramando em alegria. Já nas estacas, aonde eu fora uma vez olhar Maria Clara partir, os moleques gritavam, de longe: "Carlinho, Carlinho!" Em cada cabeça de estaca, uma cabeça de negro: Mané Severino, Ricardo, João de Joana, Mané Pirão. Era todo o meu povo me recebendo de braços abertos. Até a velha Sinhazinha me agradando. O velho José Paulino, sentado na banca como no primeiro dia da minha chegada ao engenho:

— Então, iam-se esquecendo de você – com aquele seu jeito franco de mostrar a sua alegria. — Vá ver Maria.

Ainda estava na cama a minha tia. Bem pálida, estendida no leito, como se tivesse vindo de uma longa doença.

— Mostre a menina a Carlinhos – com o seu orgulho de mãe pela sua obra.

Estava bem diferente a minha amiga. Mais tarde é que eu ia sentir mais acerbamente esta mudança da minha grande afeição de criança.

O Santa Rosa todo me esperava para a sua festa de regozijo. As negradas da cozinha me cumprimentavam a seu jeito:

— Está branco! Só quem saiu da cadeia...

Pus-me logo de pés no chão, como quem quisesse sentir de mais perto a boa terra que pisava. Iria dormir no quarto do tio Juca.

— Você agora é estudante.

Mas os moleques rondavam-me para me dar contas de suas novidades. Coitados! Em seis meses tinha-me elevado acima deles não sei quanto. Era, no entanto, para eles o mesmo Carlinhos, o camarada para tudo que eles quisessem.

Saímos para ver o Santa Rosa, naquela tarde de junho cheia de tanajuras. Com os pés na lama, correndo por baixo das goiabeiras da horta, recuperava em um instante a meninice, a que o velho Maciel tapara a boca no colégio. Abandonei o povo de casa pelo reconhecimento do meu reino abandonado. Fomos à beira do rio, com as águas vermelhas da última cheia. O choro dos sapos nas profundezas era o mesmo dos outros tempos. Cantavam, no diapasão de sempre, as mesmas cantigas de enterro. Não era a música para um liberto aquele cantochão dos sapos do Santa Rosa! Meti-me na canoa em que passavam os trabalhadores vindos dos serviços. Vinham de marmitas vazias e calças arregaçadas, com lama até os joelhos.

— É seu Carlinhos! Está amarelo que só preso. Vai se soltar. Zefa Cajá foi-se embora.

Os canoeiros metiam o remo na água, furando a correnteza de lado a lado. Com a enxada entre as pernas e a marmita no braço, conversavam besteiras olhando a água barrenta. E quando saltavam, empurravam-se uns aos outros, como menino em recreio.

— Seu Carlinhos desta vez limpa os chifres.

Fomos depois ao cercado. Os pastoreadores estavam lá, calças em tiras, sujos de lama até a cabeça. Como eram diferentes daqueles pastores da história sagrada, de cajado na mão, atrás dos carneiros! Limpavam as bicheiras do gado, separavam os bezerros pequenos das vacas de leite, botavam ração nos cochos – miseráveis, sem nome, conhecidos, como os bois, por alcunhas.

— Seu Carlinhos chegou hoje? E seu Silvino também veio?

Chegava outro com a lata de creolina para matar as varejeiras de um boi amarrado no mourão. O bicho sacudia as patas para trás. Um menino mais moço do que eu catucando os tapurus da bicheira. Havia disto no Santa Rosa: gente muito mais infeliz que o Focinho de Lebre do *Coração*, o mais pobre da aula, o que ia com o paletó melado de caliça do pai para a escola. Os livros começavam a me ensinar a ter pena dos pobres.

    Voltei para a casa-grande com a satisfação de haver entrado na posse dos meus domínios. A mesa de jantar do Santa Rosa era dantes uma coisa grande para mim, estirada no meio da sala para que houvesse lugar para todos. Via-a nos dias de festa ainda maior. E no entanto agora não me parecia tão grande ali na sala de jantar iluminada com a lâmpada de luz branca de álcool. As coisas do mundo estavam reduzindo as minhas admirações de menino.

    O povo na casa-grande se mostrava em cerimônia para o chegado de novo. Contavam-me as novidades, dando-me considerações esquisitas. Mais tarde, na hora da ceia, o velho Zé Paulino bulia na história da carta, achando graça.

— Vida boa é a de colégio – dizia o tio Juca troçando.

— Comida lá não tem medida. Menino não apanha, não leva carão.

    A velha Sinhazinha, na cabeceira da mesa, contava a história do filho que fugira de todos os colégios de Recife:

— Quincas botou até na Marinha. Puxou ao pai.

A mãe também não seria este anjo que pensava.

Depois voltou-se para mim:

— Nem lavou os pés para vir para a mesa. Está solto de canga e corda! – mas rindo-se, como se fosse num agrado.

    Comia as pamonhas do Santa Rosa com a ganância de pobre em mesa de rico. O estômago disciplinado pela negra Paula regalava-se de lorde com a liberdade. Sentia-me em regozijo de festa no meio da minha gente, numa alegria absoluta de tudo o que era meu. A velha Sinhazinha, debaixo da luz branca, criava outra cara, era bem outra. O terror do velho Maciel me ensinara que o governo da velha não seria o mais cruel deste mundo. O velho Zé Paulino contou uma história do seu colégio. O pai mandava ele e os irmãos para aprenderem a ler com um marinheiro no Itaipu. O professor dava de corda. Tio Juca apanhava como o diabo. Quem os levava para a escola era a velha mãe dele. Um dia ele botou na boca um caroço de arrebenta-boi.

— Tire isto da boca, menino. Isto mata.

E o marinheiro dando neles. Tio Juca, uma noite, foi ao mato, e trouxe um punhado de arrebenta-boi. De manhãzinha botou na panela de feijão do mestre. Na hora do jantar foram ver o homem comer. Comia em cima de uma esteira. Eles ficaram de fora para olhar a queda do bicho quando engolisse o veneno. O professor tirou o feijão da panela, e passou nos peitos o cozido lambendo os beiços. E nada de cair. Arrebenta-boi não matava ninguém.

Outra era a história do velho professor, um negro. Uma noite ele estava dando aula, e a candeia de azeite apagou-se. Um menino gritou:

— Estamos da cor do nosso mestre!

Apanhou tudo.

A mesa toda ria com a história. E tio Juca, brincando comigo.

— O velho Maciel não dá de corda em ninguém.

Fui dormir a minha primeira noite do Santa Rosa sem saber onde estava, de tão contente.

E no quarto do tio Juca, feito homem. Os lençóis cheiravam a pano lavado, o bom cheiro das coisas limpas. E enquanto o aguaceiro se derramava nos telhados, chegava-me aos cobertores sem nojo. Como foi profundo aquele sono de liberto!

De manhã o tio Juca não me deixou escutar os pássaros do gameleiro. Levou-me com ele para o leite gostoso das cinco horas. O mesmo ramerrão do curral. Mas tudo aquilo me aparecia com ares de ressurreição. O gado urrando como sempre, os moleques metidos na lama, Cristóvão tirando leite que cantava no fundo da vasilha. Todo este quotidiano que há seis meses não via, deslumbrou-me outra vez. Os cegos que recuperam a vista devem ter aquela gula de olhos para as coisas. Fui ao banho com o tio Juca que me interrogava sobre a vida do colégio.

— Disse a papai para lhe tirar de lá. Hoje não se castiga mais menino com bolos: está condenado pelos livros. Mas o velho quer é que você aprenda. Bolo para ele não quer dizer nada.

Contei-lhe a história do Elias. Riu-se muito.

— Mané Gomes quer botar passo em cavalo velho.

Voltamos do banho para o café com a mesa cheia. A menina da tia Maria chorava lá por dentro. E o milho cozido no travessão chegava a levantar fumaça para cima. Requeijão, milho cozido, cuscuz, pamonhas. Como tudo isto era bem melhor que a bolacha mirrada do colégio!

Tia Maria me perguntou umas coisas, numa fala cansada. E pálida que estava a minha amiga, no seu quarto cheirando à mulher parida! Não havia dúvida que Maria Menina avançara nos anos.

— Doninha disse que a menina é sua cara.

Olhava para a menina, e não via nada parecido com ninguém. Uma carinha sem fisionomia, se espremendo em caretas.

— É muito bonitinha, é uma graça – diziam as pessoas que entravam na camarinha.

Mas tia Maria me perguntava umas coisas por perguntar, sem interesse por mim. Sem dúvida que agora seria toda para a sua filha. Tinha sido somente a minha mãe postiça. Abandonara-me pelo marido. Avalie então com a filha saída de suas entranhas. Aquela ternura pelo Carlinhos, aqueles cuidados, aqueles dengos, teriam sido mais exercícios que ela fizesse para a verdadeira maternidade.

Saí do quarto para os moleques, que não mudavam nunca: a amizade ali era de sempre.

23

O GRANDE SONHO DOS meus dias do Santa Rosa, depois dos carneiros e dos pássaros, era meter-me com os moleques no pastoreador, passar o dia inteiro com eles, tomando conta dos bois e das vacas do meu avô. Achava bonito aqueles meninos do meu tamanho com responsabilidades sérias nas costas:

— Cadê o boi tal, seu Andorinha?

E Andorinha dando notícias do boi:

— Ficou atrás. Fugiu do gado.

Levavam a sério a resposta do menino do meu tamanho. Perguntavam as coisas a eles e acreditavam nas suas informações, davam-lhes serviços para fazer. E Andorinha, rasgado, com as roupas velhas da gente, a mochila com o seu taco de carne do ceará e o punhado de farinha para o dia todo de trabalho.

À tardinha voltavam. Em dias de chuva vinham mais molhados e sujos do que os bois, com os dedos das mãos engelhados de frio, para os mesmos serviços e as mesmas perguntas.

De volta do colégio, ninguém se importava muito com as minhas travessuras. Tinha direito de muita coisa aquele que tirara seis meses de prisão. Fui com o gado para o pastoreador, levando também a minha ração para o almoço. Esperei o pessoal no caminho da ponte. Quando voltasse poderiam brigar comigo, mas contaria onde estivera e talvez achassem até graça. Com pouco mais lá vinha a boiada com o moleque na frente de cacete na mão. Meti-me com eles, encantado com a aventura. Ficava atrás com Andorinha e Macaxeira, gritando para os bois. Lembrava-me dos tangerinos da porta do colégio e das boiadas que iam para a Paraíba morrer na matança. Nós nos escondíamos nas moitas de cabreira para espantar os bois que vinham devagarinho. Os tangerinos já passavam no Santa Rosa prevenidos, de ouvidos atentos aos rumores.

Não era tão fácil como eu pensava conduzir uma boiada. Tinha isto a sua ciência, as suas manobras especiais. Havia um tangerino negro que passava no Santa Rosa tocando uma gaita na frente da boiada. Era um gemido fininho que o negro tirava do seu instrumento saudoso. Corríamos para ouvir a música de cego pedindo esmola, mas que arrastava atrás dela todo aquele gado em tropel. Enquanto eu saía com os moleques, a minha memória movia estas coisas da infância. Não ouvira mais a gaita do negro na frente das boiadas. Morrera, sem dúvida.

— Atalha a vaca Malhada! – gritavam para um que se desgarrava atrás de uma novilha que queria voltar.

— Êh-booi! Êh-booi-lá – aboiava na frente o baliza, de cacete na mão.

O gado ia passar o dia no verde das caatingas. Não havia trem por lá, e o pasto estava de primeira.

— Vá para outra ponta, seu Carlinhos!

Sentia-me orgulhoso com a tarefa, primeiro serviço no mundo que me davam. Os moleques também me ensinavam a trabalhar.

Subimos para o alto. Espremia-se o gado para não estragar o roçado dos moradores.

— Olha o algodão novo! – gritavam eles para nós.

— Não deixe o gado destruir a lavoura.

Tomava-se o aceiro dos roçados, defendendo-se o patrimônio dos pobres dos cascos da boiada. Ficava cada um no seu canto espiando o gado comer. De vez em quando escutava-se um grito: um boi rompia o cerco e voltava logo para o seu lugar com um moleque atrás dele.

— Cuidado com o Javanês!

Era o fujão da turma. Mal se viravam os olhos, estava o inquieto querendo dar de pernas por longe.

Sentados debaixo de qualquer pé de mato sombrio, isolavam-se os vigias nos seus cantos. Lá para as 11 horas comia-se o banquete. Uns faziam o seu fogo para assar no espeto a carne do ceará, sem ao menos uma lavagem. Via os moleques satisfeitos com o que tinham para comer. E eu que me queixava das rações do colégio. Chegou um pé-d'água que me ensopou a roupa no corpo. E veio o sol para me enxugar a roupa no corpo. Andorinha assobiava no seu posto, de papo para cima. Macaxeira trepava num pé de ingá, atrás do seu lanche das três horas. Com pouco mais outra pancada d'água. Senti um frio da cabeça aos pés. Fiquei tremendo.

— Seu Carlinhos não aguenta. Leve ele para casa de Massu.

Fizeram fogo na cozinha para esquentar a minha roupa ensopada. Vesti-me nos trapos do dono da casa. Era o melhor terno do seu guarda-roupa. E fiquei na beira do fogo esperando a xícara de café que me deram.

— Seu Carlinhos fez arte – dizia a mulher. — O senhor não aguenta o repuxo. O povo da casa-grande vai ficar medonho.

Era uma casa de telha com chão de barro duro. Tinha um quarto, uma sala, uma cozinha, para uma família de uma porção de gente.

Os meninos por perto não me falavam. Falaram com Andorinha quando chegamos. E ali, sem ninguém com quem falar, falei muito comigo mesmo. Era esta a vida que eu invejava, a pobre vida dos pastoreadores. Passavam um dia assim, e quando chegavam no engenho iam dormir nas tulhas de caroço de algodão, na companhia inquietante das pulgas. Amanheciam de corpo encalombado, mas nas noites de chuva era ali o melhor quente que encontravam. Andorinha, Macaxeira, Periquito – chamavam-se assim. Os seus nomes, eles mesmos até se esqueciam. Uns eram dados de presente no engenho pelos pais. Abandonavam-nos para os desvelos da mamãe bagaceira. Em pequenos achavam graça no que os molequinhos diziam. Amimávam-nos como aos cachorrinhos pequenos. Iam crescendo, e iam saindo da sala de visitas. E quanto mais cresciam mais baixavam na casa-grande. Começavam a lavar cavalos, levar recados. Os mais inteligentes ficavam, como o Zé Ludovina, no serviço doméstico do suserano. Os outros, perdiam o nome, bebiam cachaça, caíam no eito. E cair no eito, entre eles, era o mesmo que entre as mulheres se chama cair na vida.

E ali, metido na roupa do pobre, melancolicamente verificava que era um rico.

A chuva continuava a cair em torrentes. E eles lá fora, pouco se incomodando com os elementos. Isso de chuva fazer mal era somente para os ricos, os Carlinhos, os netos do coronel Zé Paulino.

A dona da casa cozinhava batata-doce para o jantar. A panela de feijão tremia na trempe de pedra, com a isca de ceará por dentro para dar gosto. Vi-os comendo às duas horas, na janta, como eles diziam. Os molequinhos com os pratos de barro na mão, enchendo as barrigas grávidas de vermes. Comi também aqueles caroços duros de feijão com farinha, aqueles pedaços de batata-doce com café.

À tardinha os moleques passaram para me buscar. Saí com eles fazendo o retorno da aventura muito sonhada, com a certeza de que os moleques do Santa Rosa eram bem daqueles pobres da história sagrada. O gado de cabeça baixa, voltava para casa sem ninguém na frente. De barriga cheia, desciam para a várzea, para o conforto do curral, sem dar trabalho aos meninos.

Em casa foi um barulho danado quando cheguei. Todos brigaram comigo. O velho Zé Paulino:

— É para isto que está estudando? Se fosse para ser vaqueiro, não precisava botar livros nas mãos. Melhor que tivesse ficado no colégio.

As negras me censuravam:

— Menino treloso! Se sucedesse alguma coisa, botavam pra cima dos moleques.

Tia Maria mandou me chamar. E da cama me falou:

— Você quer cair doente? E se metendo com esses moleques por aí!

Ouvi também o meu avô brigando com os pastoreadores:

— Doutra vez que levar menino daqui do engenho passo-lhes o pau.

— Ninguém chamou ele não. Ele foi que foi.

Faltava o Javanês.

— É por isto. Vão para o mato vadiar. Não cuidam dos serviços.

Mas o boi Javanês tinha instintos de arrombador de cofres para romper as cercas, desviar-se das vigilâncias.

Botaram na mesa o meu jantar. Pensei, engolindo a minha farta comida, na miséria da casa do Riachão, na farinha seca de Andorinha. Na cozinha a negra Generosa distribuía a ração dos pastoreadores, descompondo. O mesmo para variar: carne do ceará com farinha seca. E eles ficavam do lado de fora conversando:

— Vamos brincar de manja?

E iam para o pátio da casa-grande correr, como meninos que tivessem passado o dia em casa na vadiagem.

Eu não tinha força para nada. Os pés me doíam. As pernas pareciam molambos. Caí na cama como uma pedra.

De manhã acordei com os pássaros do gameleiro cantando. Não quis levantar-me para o leite. E dentro do peito o puxado piava. Rebentava outra vez com as chuvas da véspera. Ficava provado que eu não podia ser como os moleques do Santa Rosa.

24

Três dias de recolhimento, com os meus passos tomados pela asma. Ficava no quarto do tio Juca pensando besteiras, lendo os livros dele de cima da cômoda. Havia um que ele lia todas as noites, uma meia hora antes de dormir, com o castiçal perto da rede: era um romance imoral, com umas figuras como aquelas dos cartões que ele tinha. E quando ele saía, eu ficava lendo o livro, com a excitação de quem estivesse com uma rapariga no quarto. O Santa Rosa lá por fora devia estar nos seus dias maravilhosos, pois levantara um sol para fazer mais verdes os campos e abrir as flores de todo o jardim que era o engenho. Mas nos meus dias de doença o livro do tio Juca fechava-me os ouvidos e os olhos a tudo que não fossem aqueles amores de seus heróis. Fazia o meu ensaio na literatura frascária, e nunca um livro se ligou tão intimamente com as minhas tendências. Lendo-o, era como se estivesse animando os meus sentidos, doidos para se soltarem. O homem da história só vivia de beijos e de coitos; as mulheres se expunham nas figuras em trajes naturais.

Podia o Santa Rosa dar festas com todos os encargos de sua natureza, enfeitar-se nas estacas dos cercados com o florido das suas trepadeiras. Podia o muçambê cheirar como um frasco de extrato derramado pelo caminho. Eu não sabia de nada, com o meu puxado piando, e naquele mundo diferente do em que eu vivia, o mundo alegre do romance do tio Juca.

A literatura começava a me seduzir com ares assim de deboche. Era o primeiro livro que lia do começo ao fim por gosto, sem a obrigação da lição. E me empolgou a leitura de tal forma, que me confundia com os desejos libertinos da história. Tio Juca passava o dia inteiro por fora. Vinha para o almoço, e voltava para o serviço até de noitinha.

— Você anda lendo os meus livros, hein?

E não brigou comigo. Tirava a roupa e se metia na rede para o sono profundo. Com as minhas vigílias de asmático, ouvia o seu ronco ritmado, forte, bem diferente daquele estertor de Aurélio. Achava boa a vida de tio Juca. Queria ser como ele. Tinha dinheiro no bolso para gastar. Fazia tudo o que desejava. Ia ao Recife de vez em quando. Ninguém mandava nele. O velho Zé Paulino lhe falava com cerimônia, dizendo as coisas para ele ouvir a outras pessoas. Podia não gostar de um malfeito do filho, mas se desabafava com histórias alusivas e indiretas. Tio Juca também não vivia de conversas com o pai. Amizade curiosa, aquela, que não se derramava, que só trocava palavras nas precisões inadiáveis. Lembrava-me de Maria Pia, do dia do juramento em cima do livro. O meu avô não disse nada ao filho. Fechou a cara somente uns dias, e depois passou a raiva do velho Zé Paulino. Na mesa nunca ouvi os dois em diálogo de pai para filho. "Meu filho", "papai" – todas estas delicadezas familiares eram desconhecidas dos meus amigos. E no entanto o velho morria por esse filho. Agora eu estava conhecendo melhor o tio Juca. Em pequeno vivíamos mais de longe, embora gostasse muito de mim. Não era desses que descem de sua idade para ficar no nível da infância, com brincadeiras, desses que gostam de meninos. Tinha a mesma secura do pai, a mesma sobriedade nas afeições. Parece que eu crescera não sei quantos anos para ele, pois me falava desde a minha volta do colégio quase como a um companheiro, a um camarada. E os três dias de doença ainda mais me aproximavam do meu tio.

— Não leia estes livros, que fazem mal – me disse sem brigar, advertindo somente.

Doutra vez:

— Você está amarelo demais! Que diabo é isso? Abra o olho: este negócio ofende.

Eu sabia o que meu tio pretendia ferir, até onde ia sua malícia.

— Você precisa dar um passeio por fora.

Sabia também a extensão do seu conselho. Um passeio por fora, chegar terra para o pé da cana, era como eles se referiam à necessidade do coito para a saúde. Eles tinham este preconceito contra a castidade. Atribuíam à abstinência uma porção de males. Havia amarelos por isto, doidos por falta de mulher. Vinha ao engenho um parente nosso, chamado Fernando, que sofria de ataques, um meio leseira.

— Aquele bicho precisa é vadiar um pouco – dizia tio Juca.

No engenho existia um negro misterioso, filho do velho Amâncio. Os moradores contavam coisas esquisitas do moleque: nunca andara com uma mulher. Um escândalo para aqueles simples! Lembrava-me dele ouvindo o tio Juca insinuar as suas referências a meu respeito. Tocava viola. Gostava de ouvi-lo batendo com os dedos nas cordas, gemendo mais do que cantando. Os outros mangavam dele:

— Negro besta, aquilo é um pomba lesa!

Preto, bem preto, depois que ouvi os negros cantando *blues* nos cinemas, lembrei-me dele: era aquela mesma dolência, a mesma nostalgia de olhar sem ruindade. Era um casto. No meio daquela sodoma da bagaceira, esquivava-se de correr, como os companheiros, atrás das molecas. Contavam histórias: que fizera uma mulher de pau para ele; dormia com a estátua de cavassu e fazia os seus amores com a obra de arte.

Morava com o pai para as bandas da Areia, uma espécie de província da confederação Santa Rosa. O velho Amâncio era sertanejo. Descera para a várzea, na seca de 77. E ficara para o resto da vida com o meu avô. Não ia para o eito. Vivia no seu sítio sem pagar foro, com a única obrigação de dar o ponto nos queijos, que só ele sabia fazer no engenho. O filho era livre como ele. Quando aparecia com a viola, encontrava sempre o seu auditório.

Lembrava-me do moleque ali no resguardo do meu puxado. O negro João do seu Amâncio, o casto do Santa Rosa, tinha uma mulher de pau para se servir.

Guardar castidade, pedia o catecismo. Isto para a minha gente era um sacrifício ridicularizado. Estava ali o tio Juca, um homem bom. Tratava bem os seus trabalhadores, trabalhava de manhã à noite, tinha um frasco de quinino no quarto para dar de remédio ao povo. E no entanto vivia com as mulheres, com as raparigas no Pilar, no Santa Rosa, e lendo livros safados. E além de tudo o mais, me mandando para o amor: "Você precisa dar um passeio por fora." O velho Zé Paulino devia ter sido como ele, fazendo filho por toda parte. Seu Fausto maquinista não era seu filho? Ouvira contar a história de Teresa Beiçuda, uma Pompadour de São Miguel. Tio Juca, o irmão mais moço de meu avô, fazia-lhe filhos todos os anos. Uma vez, numa festa da padroeira, a mulata apareceu de chapéu na igreja. Foram dizer à tia Neném. Era um atrevimento da cabra. E quando saiu da missa, dois escravos lhe rasgaram o chapéu de plumas na porta da igreja, lhe arrancaram as anquinhas da moda. Todos aqueles senhores de engenho faziam o mesmo que tio Juca. E eram homens de têmpera, limpos de honra, de respeito. Parecia-me que o padre de Itabaiana aumentava as coisas. Não tinham eles oratórios em casa? Não faziam promessas, não davam tanto dinheiro para as igrejas? Logo, Deus não os teria assim debaixo de suas iras. O velho Zé Paulino quando morresse só podia ir para o céu.

— Seu Cazuza é um santo – dizia o negro Mané Pereira.
— Fui escravo dele; era o melhor senhor das redondezas.

E no entanto as negras pariam do velho Zé Paulino. Que seria melhor fazer essas coisas ou dar nos negros, roubar terras dos outros, mandar matar os inimigos? Cogitações profundas que me preocupavam ali no quarto do tio Juca, esperando que o puxado me abandonasse. Quem seria melhor: ele ou o Ursulino de Itapuá, enterrando escravos na bagaceira? Para o padre de Itabaiana eram iguais. O inferno era para eles dois. Não. O meu avô na frente de Ursulino passava por santo. Que falassem os seus moradores. Lembrava-me de dois que o feitor encontrara dentro da roça roubando mandioca. Chegaram amarrados na porta do engenho.

— Que fez esta gente?
— Estava roubando mandioca, seu coronel.

A mulher caiu nos pés do meu avô, chorando.

— Acabe com isto.

E foi na gaveta, e lhe deu dois mil-réis de prata, daquelas com a cara do imperador.

— Podem ir embora. Em vez de reparar no serviço, vêm-me para aqui com estas besteiras.

Então toda essa grandeza moral não valia nada para Deus? Iria o velho Zé Paulino de braços com o Ursulino para o inferno, somente porque deixara em paz a sua vitalidade livre? Devia haver um meio de salvar o meu avô daquelas penas.

Perguntei um dia a tio Juca por que não se confessava. Ele riu-se para mim:

— Não tenho pecado não, menino. Lá em cima é que a gente dá contas a Deus.

— O senhor pode ir para o inferno.

— Que inferno! Inferno é isto aqui na Terra. Acredito nisso não. Você está é um devoto. Só Mané Pereira.

Era o negro que pedia esmola para são Benedito. Andava de opa pelas estradas, com um prato na mão cheio de rosas e uma coroa de prata dentro. Falava-se dele, punha-se em dúvida a sua honestidade:

— O negro cai com os quartos! Sustenta os homens com o dinheiro do santo.

Sei lá! Podia tudo ser mentira. O andar miudinho do negro velho é que trazia aquelas suspeitas vergonhosas.

Depois tio Juca saía, e eu continuava pensando na impiedade da minha gente. Pela legislação do catecismo não escaparia ali nenhum do inferno. Também o meu avô não acreditava nas coisas da igreja. Só existia um Deus e os santos para ele. Tudo mais era conversa de padre. Mangavam de um parente nosso que vivia na igreja rezando. Dizia o velho Zé Paulino que quando o seu primo batia nos peitos era dizendo:

— Fazei-me rico como o doutor Quincas! Fazei-me rico como o doutor Quincas!

Levavam-se ao ridículo os homens que se confessavam. E até iam mais longe:

— Lula atrasou-se foi por estas coisas. Só quer viver de igreja.

Davam-se como azarentas as amizades com os padres. Era um povo eleito para o inferno. E no entanto, uns homens bons, cheios de grandezas morais, de dignidade de vida. Isto, porém, nada valia para um só pecado mortal. No meu íntimo achava Deus muito injusto, um juiz que não pesava atenuantes. Havia uma imagem do juízo final muito popular entre nós; era Deus com uma balança pesando os bem-feitos e os malfeitos dos homens. Numa concha botava as boas coisas praticadas, noutra as ruindades. Se subisse um lado, seria o inferno ou o céu que Deus indicava. Pelo catecismo aquilo não era verdade. Podia um lado da balança estar cheio de grandes coisas, mas do outro um dia de domingo sem missa, um olhar cobiçoso para a mulher do próximo, e estava tudo perdido. Tio Juca afirmava que o inferno era este mundo onde vivíamos. Seu Coelho achava que tudo não passava de conversa dos padres. O velho Zé Paulino dormia o seu sono de justo, sem se lembrar do juízo final. Todos assim me davam essas lições contra as afirmativas do meu catecismo.

Mas as cogitações de asmático se sumiam. Os livros do tio Juca mostravam para mim um mundo mais agradável, uma gente mais fácil de se viver com ela, uns fantoches de luxúria, os homens e as mulheres de Paulo de Kock.

25

Saí das leituras galantes para a alegre camaradagem da natureza. Acesso fraco o do puxado, sem a ânsia agoniada dos outros. A idade me curava dos achaques da infância. Os três dias de prisão no quarto do tio Juca me fizeram de meditativo. Misturei a lubricidade dos livros com as cogitações de minhas dúvidas religiosas. A bondade do velho Zé Paulino me tirava o medo do inferno do padre de Itabaiana.

Um homem daquele não podia sofrer pelas irregularidades de seus desejos de rapaz. E sem o medo dos castigos, e com o exemplo do meu avô, tomei o conselho do tio Juca. Andei por fora com mulheres. Já parecia um homem para elas. Quatorze anos bem que eram uma maturidade para aqueles desregramentos. Depois da ceia nos botávamos para as aventuras; eu e os moleques maiores. Havia pastos novos que não conhecia, e um pastoril no Pilar. Dianas, mestras e contramestras mostravam as suas pernas. Os moleques punham-se debaixo do tablado para sondagens perigosas. E dávamos gritos aos cordões subindo e descendo as bandeiras conforme o entusiasmo do povo. Os filhos do José Medeiros nos provocaram. E deu-se um barulho. Saiu um de roupa rasgada e o sobrinho do padre Severino de cabeça quebrada. Corremos para o engenho, como um exército que procurasse a sua base de fortificação. A queixa chegou ao meu avô: os netos dele andavam fazendo barulho na rua. Chamou-me para o carão. Não queria arruaceiros na família; eu estava proibido de pisar no Pilar. E dias depois, pegaram o sobrinho do padre com uma espingarda de cano de chapéu-de-sol esperando um de nós numa moita da estrada. Tio Juca me falou:

— Esse menino do padre não é coisa boa. Gente do sertão é um perigo. Por qualquer besteira tocam fogo um no outro.

Ninguém tinha medo de espingarda de chapéu-de-sol. E o primo Silvino tinha chegado do Diocesano. Andava limpando umas carabinas que o meu avô guardava por detrás do guarda--roupa. Aprendera a manobrar a arma no tiro do colégio. Mas essas limpezas faziam-se às escondidas. O sobrinho do vigário que se prevenisse com o primo Silvino.

— Quando ele passar para a missa de São Miguel, ele vai ver.

Passava com o tio sempre, pela manhã do domingo, para a celebração. E domingo a desgraça estava feita. Dormi sexta-feira com a história na cabeça. Calei todo o sábado o meu susto. De noite, porém, abri-me com o tio Juca:

— Silvino quer atirar no sobrinho do padre amanhã.

Delatei a conspiração tirando um peso da consciência. Ao sono de sexta-feira, povoado de sustos, sucedeu o daquele sábado, de coração desafogado. E quando acordei no domingo, tio Juca já tinha alarmado. Ouvia da rede os gritos do velho Zé Paulino:

— Ora já se viu! Um neto meu botando emboscada! Com quem aprendeu isto? Valentão na minha família não existe. E a gente do pai é toda mofina. Avalie que desgraça se o Juca não descobrisse! Ia para a cadeia, fique sabendo. Mandava botar na cadeia.

A velha Sinhazinha acolitava a raiva do meu avô, chegando lenha naquelas chamas que durariam um momento:

— Menino impossível! Você não sabe? Este menino não mandou uma carta ao João de Taipu?

— Carta pro João de Taipu?

— Sim, escreveu ao João pedindo para dar uns lances na lagoa, fazer uma pescaria lá, dizendo que você tinha parte no engenho, e por isto tinha direito.

— Mas que atrevimento! Não sabia desta! O que não terá dito o João? Sem dúvida haveria de pensar que eu mandei este recado. Já não gosta de mim... Isto é o diabo! Juca, você sabia disto?

E o tio Juca, chegando-se:

— Estive com o doutor João. Achou até graça na coisa.

— Achou graça? – falava a velha Sinhazinha. — Mas isto não se faz... É preciso acabar com estas ousadias. Estes meninos estão se criando como animais.
Eu ouvia tudo isto do meu quarto, entre os lençóis.
— O outro está dormindo. Preguiçoso que só João de Noca.
Ficava com medo que o barulho viesse pra cima de mim. Aquilo, porém, era de pouco tempo. As raivas do velho eram trovoadas que não ofendiam ninguém. Não caíam coriscos daqueles relâmpagos em seco. E o ringido da voz da tia Sinhazinha:
— Zé Paulino não sabe educar. Não tem coragem de meter o pau. É um banana. Se fossem filhos meus, não faziam estas coisas. O meu se perdeu porque ficou-se com o pai.
Levantei-me da cama com o tempo limpo. Não havia mais receios de tempestades. Vimos o padre passando na estrada e de lá tirando o chapéu para o meu avô. O primo Silvino sentado na banca de cabeça baixa, amuado, com os cabelos louros de espeta-caju. Ficou medonho comigo, sem falar, me jurando para a primeira vez que me pegasse. Era um autoritário. Queria ser chefe de tudo, mandar nos outros como em propriedade sua. Não me daria bem com um temperamento assim tão absorvente. E por isto sofria o diabo nas suas mãos. Mais forte e mais velho do que eu, junto dele me anulava, não tinha força para os moleques. Silvino nos fulminava a todos com as suas ordens. Tudo ele sabia fazer, de tudo entendia. Na frente desse déspota o que poderia empreender o Carlinhos da tia Maria ou o atrasado Carlos de Melo de seu Maciel? Tinha ódio ao meu primo. Porque fosse ele mais forte ou porque me tratasse daquele jeito, o fato é

que eu o achava odioso, mau, pondo-se acima de todos nós para mandar, para só ele ser ouvido. Falava muito num curso de madureza que estava tirando. Era segundanista. A velha Sinhazinha debochava:

— Cadê o Madureza? Isto sabe lá coisa nenhuma! Madureza de merda!

Nestas ocasiões eu queria bem à tirana. O pai de Silvino era sobrinho de um barão. Seu orgulho e sua soberba estavam neste barão. A velha castigava esta empáfia:

— Vem cá, barãozinho. Barão coisa nenhuma! Que riqueza deixou o barão para teu pai? Zé Paulino é que sustenta a tua laia toda.

Eram inimigos terríveis os dois. Aproveitava-me deste conflito. A velha dava-se então inteiramente a mim:

— Carlinhos, toma este sapoti.

Isto quando Silvino estava por perto.

— Carlinhos, vá-se vestir para ir pro Pilar hoje comigo.

Tudo para fazer raiva ao inimigo. Silvino sabia vingar-se. Ela criava um saguim. Toda a ternura que recusava ao gênero humano reservava para o seu bichinho. Uma mãe loba para esta cria. Um dia o animal amanheceu morto na gaiola, furado de faca não sei quantas vezes. Aqueles olhos secos, duros, molharam-se nesse dia. O verso dizia: *"Só as pedras não choravam porque não sentiam dor"*. Mas era mentira. A velha Sinhazinha chorou com a morte do seu saguim. Vi o velho Zé Paulino contrariado, de cara fechada no almoço, de cara fechada no jantar. Vivia com a cunhada sem trocar palavras, cada um mandando no seu lugar à vontade. Mas devia lhe querer muito bem. Se tivesse a certeza da autoria do crime, o primo Silvino apanharia pela primeira vez de suas mãos.

Agora, com a história da emboscada do sobrinho do vigário, a velha vingava-se. E ainda na calçada gritava:

— Está aí o Madureza, o sobrinho do barão. Estudo lhe serve de nada! Está estudando é pra cangaceiro! Se eu fosse Zé Paulino, deixava esse cachorro cambitando cana.

Para que negar? Gostava da velha naqueles momentos. Via um adversário impiedoso abatido a seus pés. Ela o machucava, pisando por cima.

Mas o ódio de Silvino virou-se para o seu primo mais fraco. Olhava para mim de seu canto como se eu fosse um pedaço de carne para a sua fome de onça, comendo-me com os olhos. Tio Juca saíra. Fiquei rondando o velho Zé Paulino, temendo a agressão, o desabafo da fera. Naquele dia não me pegaria. Defendi-me no meio dos maiores. Anoiteceu sem que eu desse um passo por fora. Podiam as goiabeiras oferecer o que quisessem. Seriam inúteis todas as iscas. O primo Silvino matara o saguim da tia Sinhazinha. Não precisava advertência mais clara.

Disse ao tio Juca:

— Silvino quer me dar porque lhe contei a história.

— E você tem medo dele?

— Ele é maior.

— Não se importe com isso. Passe-lhe o braço.

Mas foi ao meu primo.

— Se você tocar em Carlinhos, arrepende-se, estou lhe dizendo.

Só Silvino mesmo para ter medo de ameaças. Começou a me perseguir. Meta-lhe o braço, aconselhava tio Juca. Era muito fácil dar conselhos daqueles. Para onde eu ia ele me acompanhava, procurando a sua oportunidade. Vi que não tinha mais jeito senão enfrentar o inimigo com forças que não eram as minhas. Armei-me de uma lanceta do meu avô, o único instrumento de operação do engenho. Era só para fazer medo. Quando ele partisse para o meu lado, puxaria a arma e ele correria.

Estava na horta descansando; quando vi foi Silvino atrás de mim:

— Você está aqui, seu cachorro? Vá agora chamar tio Juca!

Nem deu tempo de me defender de armas na mão. Mas com o primeiro murro nas ventas, a dor me deu coragem que não sabia escondida em mim. Meti-lhe murro também. Grudamo-nos pelo chão, na lama. Não sabia lutar, mas sabia me defender. E devia ter surpreendido o agressor com as minhas dentadas. Fiquei por baixo dele. Batia-me sem piedade. Lembrei-me, então, num segundo, da lanceta, e num segundo mandei-lhe na perna com força. Saiu gritando como um cachorro apanhado.

Imediatamente me dominou o pavor do crime. Fiquei no meio das árvores, aterrorizado, esperando a ordem de prisão, fora de tudo, como naquele dia do colégio em que quebrara a cabeça do moleque do dr. Bidu.

O primeiro que chegou foi o velho Zé Paulino. Encontrou-me chorando debaixo do sapotizeiro maior.

— Dê-me a lanceta. Que é isto no seu nariz?

Corria sangue, eu não tinha dado pela coisa.

— Passe-se para casa.

E fui para a casa-grande com ele me segurando pelo braço. Já estava, porém, de advogado. O tio Juca me defendia:

— Anteontem chamei o Silvino porque ele queria dar em

Carlinhos. É um malvado. O menino, se fez isto, foi forçado.

— Precisam apanhar os dois – gritava a velha Sinhazinha.

Limpavam-me o nariz ensanguentado e a cara melada de lama. O arranhão de Silvino não fora nada: um talhozinho somente. A casa-grande estivera nos seus dias de alvoroço. Mas não apanhei. Tio Juca levou-me para o quarto dele me consolando:

— O bicho chegou apanhado. Você fez mal em levar a lanceta do velho. Mas nunca mais o valentão lhe insulta. Chegou aqui amarelo, gritando, com a perna pra cima. Fique aí deitado, para estancar o sangue do nariz.

E no isolamento do quarto, os fatos começaram a se repetir devagar, como uma representação de câmera lenta. Via Silvino chegando para me dar, e eu me defendendo. Ele montado em cima de mim, e eu tirando a lanceta. Lembrava-me de tudo. Reproduzia o sucedido, surpreendido eu próprio de como fora arranjar tanta coragem para aquelas coisas.

26

Estávamos quase todos no alpendre da casa-grande, quando chegou o moleque do correio com os jornais. O meu avô passou a vista nas cartas e leu alto: "Ilmo. e Exmo. senhor Carlos de Melo."

Uma carta para mim. Achava impossível isto: menino recebendo carta. E ali estava uma. Abri com a curiosidade de quem desembrulhasse um brinquedo, aquela primeira mensagem que o correio me trazia. Era de Coruja, o meu querido Coruja do colégio.

— De quem é esta carta? – me perguntaram.

— É de José João, um menino de Itabaiana.

Interessante é que não o chamava pelo apelido. Assim de longe o José João ficava melhor para impressionar. Fui ler o que me mandava dizer o amigo. Contava coisas de lá. Aurélio estava caído, doente. Seu Maciel escreveu para a casa dele, e não veio ninguém buscar. O velho via a hora do menino morrer no colégio. Falava da saudade dele por mim. Maria Luísa não voltaria mais, pois o pai mudara-se para a Paraíba. E notícia maior: ia ser decurião. Filipe se empregara no comércio. Seu Maciel falara com ele para ficar. Era bom: não pagaria mais nada. O pai ficaria livre do peso.

Uma carta, esta, toda parecida com Coruja. Os moleques se interessavam também. Achavam uma coisa do outro mundo o nome de uma pessoa em cima de um sobrescrito. Então me exagerava para que Silvino ouvisse:

— José João é um meu amigo do colégio. Estuda francês. Vai para o ano pro Diocesano.

De noite, porém, o colégio chegou-me no Santa Rosa. A carta do Coruja botava-me outra vez às ordens de seu Maciel. E enquanto esperava o sono, pensava nos fatos que a carta me expusera com tanta simplicidade. Aurélio doente, Maria Luísa na Paraíba, Coruja decurião. Parecia que estava ouvindo o diretor falando do pai de Papa-Figo. E o seu Coelho preparando as doses. Tive pena do colégio. Por que haveria gente assim com aquele destino, mais feia, mais doente, mais infeliz do que os outros? Onde estava o grande coração de Deus? Aurélio tinha roubado, tinha matado ou desonrado os seus pais? E ouvia as negras tirando a banheira do banho de tronco de meu avô. Arrastavam as chinelas pelo chão, a água dançava no vaso, fazendo barulho. A casa dormia o sono pesado de consciências em paz. Pensei em Maria Luísa. E – para que negar? – nem pensava mais nela. Se Coruja não me falasse, não sentiria aquela saudade que a notícia me deu. Os cabelos pretos e anelados, os olhos grandes e o riso bom, todo o encanto dela me chegava ali entre os lençóis lavados do Santa Rosa. O tio Juca não chegara ainda. Sem dúvida que andava atrás das mulheres. E com a saudade de Maria Luísa, e com a ideia no tio Juca lá por fora, um desejo ruim se misturou às minhas recordações do colégio. A lembrança de Coruja chegou-me de repente, no meio da tentação, e venceu a libertinagem que arrancava. Ia ser decurião. Parece que estava escutando o diretor: "Seu José João, tome conta destes meninos!" Seria bom para mim, Coruja como decurião? Não daria parte das minhas faltas. Amigo era para isto. Em todo caso a gente ganhava com a saída do outro. Filipe dava tudo para que um de nós fizesse qualquer coisa de malfeito, para o enredo. Quanto mais nomes para o relatório, melhor seria. Agora o colégio perdera esse lugar--tenente sem entranhas. Entrava em seu lugar um bom.

 De manhã ainda li a carta do amigo, olhando para o sobrescrito vaidoso como se me mirasse num espelho. Aquele Carlos de Melo com um Ilmo. e um Exmo. fazia-me de grande e respeitável. Achava bonito o nome do tio Juca por extenso, em letras de tipografia, no endereço de *La Hacienda*. Havia gente fora do Santa Rosa que sabia o seu nome todo, e outros escrevendo-o na máquina de fazer jornal. Tinha uma admiração supersticiosa pela letra de forma. Silvino fazia uns carimbos com o nome dele, com iniciais de todos os jeitos. Marcava assim as camisas, com aquelas letras bonitas. Enchia-me de inveja a sua importância. Mas a carta de Coruja batia todas estas vantagens. Chegara pelo correio, com a marca da agência, uma carta para mim. Guardei o envelope. E gabava-me da amizade de José João, contando os seus adiantamentos: ele sabe francês, ele estuda álgebra. Mas Silvino mangava:

— Seu Maciel sabe coisa nenhuma!

— Sabe mais do que você. Você aprendeu com ele.

Abandonava a polêmica no meio, porque senão a coisa viraria em conflito. Não tinha mais medo do ferrabrás. A lição da lanceta em punho dera-me coragem para falar na frente dele sem sustos. Perdera toda a goga para o Carlinhos. Carlos de Melo sabia se defender como homem. A carta de Coruja trouxera-me um bocado de vantagem. Ficara o primo sabendo que um amigo me dava notícias, e um amigo adiantado. Mesmo os moleques que Silvino dominava, os que me olhavam como para um sem-forças, já iam atrás das minhas ordens. "Faça isto." E faziam. Nada como um ato de força para a conquista do poder. De que me tinham valido todas as minhas condescendências para com eles, aquilo de tratá-los como um irmão de sangue? Não me valeram de nada. No dia, porém, em que me firmei como um forte, capaz de furar o outro de lanceta, o prestígio cresceu: "Quem me disse isto foi Carlinhos", logo devia ser verdade; "quem me mandou fazer isto foi Carlinhos", e estava bem-feito. Sinais evidentes de que eu mandava, de que podia afirmar. O chefe supremo não estava sozinho por ali. Comandava os meus moleques, os meus asseclas. Não andava mais com subserviências para com o primo Silvino. E se ele quisesse experimentar, que viesse.

27

O DIA DE SÃO PEDRO chegou para me encontrar bem triste. A casa-grande cheia de parentes de outros engenhos. Tio Lourenço viera de Recife com uma porção de amigos. Seu Zé Vítor também, com umas bagagens de malas enormes carregadas de fazenda. O negro Amâncio escolhia no picadeiro de lenha os angicos para a fogueira.

São Pedro era o grande dia do Santa Rosa. O Natal, o São João, passavam-se ali como dias comuns. São Pedro, aniversário do velho Zé Paulino, festejava-se no engenho como a maior data.

Mas aquele ano, em que, de alma saturada do colégio, sonhava com a grande festa da família, uma notícia seca, rápida, mudaria os meus planos. O homem da estação trouxera um telegrama para o meu avô. Um telegrama no engenho seria sempre uma coisa rara, um acontecimento. Ou gente pedindo cavalo para a estação ou notícia de morte. Daquela vez o velho leu o papel de cara fechada. Mostrou à tia Maria, que já andava de pé, e começou o murmúrio na gente grande da casa. Depois me chamaram, e a minha tia me disse:

— Carlinhos, vou lhe dar uma notícia ruim.

Não lhe disse nada, espantado, à espera.

— O seu pai morreu.

Eu tinha meu pai como morto. Lembrava-me dele com a saudade por um defunto querido. Mas doeu-me a notícia, porque as lágrimas pularam dos olhos. Tia Maria beijou-me pela primeira vez desde a minha chegada.

— É isto mesmo. Coitado! Tinha sofrido tanto.

Fui para o quarto pensando. E a ideia da morte trancou-se comigo. Mentiria se confessasse uma mágoa profunda com o meu pai morto. Guardava por ele mais saudade que amor. Se parado há anos de seu convívio, sabendo-o perdido para sempre, sofria mais pela sua desgraça. Recebendo a notícia da sua morte, chorei como os que choram nos dias de finados pelos desaparecidos da família. Separado dos outros, na meia escuridão do quarto do tio Juca, um pensamento absurdo mas vivo começou a existir, a me dominar, invadindo o meu raciocínio, tomando os passos da minha imaginação. Queria fugir dele, mas ficava preso como nos sonhos, sem força para arredar o passo do lugar. O medo da morte envolvia-me nas suas sombras pesadas. Sempre tivera medo da morte. Este nada, esta destruição irremediável de tudo, o corpo podre, os olhos comidos pela terra – e tudo isto para um dia certo, para uma hora marcada me faziam triste no mais alegre dos meus momentos. Tinha medo dos enterros. A minha escola no Pilar ficava perto do muro que dava para o cemitério. Os sinos dobravam, e todos os enterros passavam por lá. Não podia olhar o caixão. Fechava os olhos. Ouvia dizer que se a pessoa ficasse olhando até se sumir o defunto, ele viria na certa buscar a gente. E quando no engenho via os enterros de rede? Não compreendia nada mais doloroso do que aquilo: aquele corpo envolvido numa rede suja, coberto de pano branco, dependurado na vara, balançando nos ombros de dois homens. Corria para dentro de casa quando o enterro surgia na estrada. E o dia ficava perdido. Uma tarde, no Pilar, na igreja, um menino da rua me chamou para mostrar uma coisa na sacristia. E abriu um caixão comprido com um senhor morto dentro. Estremeci, arrepiado de horror.

— Está com medo? – me perguntou o menino com a maior simplicidade do mundo.

Até as imagens me atemorizavam daquela maneira. E o homem do engenho que morrera e que ficou por muito tempo gravado na minha memória, com a sua cara infernal me perseguindo? Ouvia falar nos quartos de defuntos, admirado da coragem do povo de passar uma noite com um morto na sala estendido. Às vezes ia andando distraído, sem pensar em coisa nenhuma. E de repente me batia uma visita inesperada, a ideia infeliz. Pensava: quando será o dia da minha morte? Via-me estendido num caixão, e os parentes em redor. Botavam-me a vela na mão, amarravam-me um lenço no queixo. E aquele lenço e as mãos cruzadas tomavam conta de mim. Para onde ia, olhava a reprodução destas coisas me preocupando.

A notícia da morte de meu pai me vinha fazendo pensar nisso tudo. Há mais de hora que estava sozinho imaginando, me vendo, me mostrando a mim mesmo. Tio Juca chegou no quarto para me falar:

— Deixe de choro. A vida é isto mesmo. Vamos lá para fora, meu filho.

E levou-me para o meio dos outros. Ria-se de tudo, entre os parentes reunidos. A morte de meu pai fora notícia de um fato velho, de que já pareciam ter conhecimento. Ninguém se preocupava com um doido de há dez anos. E, calado, eu via a fogueira queimando no pátio e o chiar do mijão dos meninos brincando. As pistoletas estouravam as suas bolas de fogo. Na banca do alpendre, com a conversa de todos e a brincadeira dos meninos, era o mesmo que se estivesse no quarto do meio, do colégio, de castigo. Sentia ainda na boca o gosto salgado das lágrimas engolidas, e para onde olhava descobria o morto escondido no caixão, de braços cruzados. Ouvia o tio Juca contando a história da briga com Silvino, para lisonjear a minha coragem:

— Muito menor do que o outro, e botou-o para correr.

Ele queria sarar a minha mágoa. Ia criando interesse para mim a história. E de súbito, num segundo, voltava a visão do meu pai morto, de braços cruzados.

O tio Juca me abraçou:

— Não chore, menino. O que é isto?

E os outros chegaram para perto:

— Coitado!

Não vi mais nada, não senti mais nada daquele sonhado São Pedro do Santa Rosa.

28

Fui o último a retornar ao colégio. O luto do meu pai me reteve uns dias no engenho. Fizeram-me roupa preta.

O velho Maciel recebeu-me de cara alegre, perguntando pelo meu avô. E no recreio vieram me magoar:

— Está de luto do pai. Ele morreu no asilo?

Ouvia estes comentários quase que insensibilizado pela saudade de casa. Sentia uma saudade diferente daquela do primeiro dia de internato. Agora já sabia o que era a cadeia. E este conhecimento mais me atormentava. Não ignorava nada do que me reservavam os cinco meses de sentença a tirar.

Encolhi-me pelos recantos para mais me sentir só, sem ninguém por perto. Coruja veio me falar. Por que diabo achava o amigo diferente? Indagou a razão do meu luto.

— Não sabia que seu pai tinha morrido. Você também não me escreveu...

Conversou mais tempo. Mas faltava uma coisa, um sinal evidente de sua pessoa. Que teria sucedido ao amigo? Sucedera-lhe na verdade uma desgraça: Coruja era decurião. Entrara nele o poder. Sim, ele era decurião. Isto, porém, não lhe viria mudar o caráter, deformar a sua personalidade.

Depois ele se foi, e eu fiquei a pensar. Não podia ser verdadeira a minha impressão. O cargo teria força para mudar aquela candura, aquele coração grande do meu amigo?

Seu Coelho me recebeu de braços abertos:

— Olá, comeu muita canjica? Conte-me lá as proezas!

Aurélio continuava doente, melhorado da crise que quase o levara de vez. Clóvis cheio de admiradores. Trouxera uma lanterna mágica para o colégio. Pão-Duro, o mesmo. Todos os outros, os mesmos. A mudança de Coruja me preocupava.

Heitor me explicou:

— Ninguém pode mais chamar Coruja: é José João. Ele é como o rei da Inglaterra: quando sobe muda de nome.

Mas logo o Coruja! O melhor de nós todos, o único ali dentro que apresentava sinais de grandeza! Não era possível.

Ele próprio mais tarde se encontrou comigo. Estava no quarto botando os meus troços na mala.

— Carlos, agora estou diferente. Seu Maciel me botou no lugar de Filipe e me pediu umas coisas. Não sou mais aluno. Por isto não posso mais brincar com vocês.

Esta confissão do amigo tocou-me seriamente. Compreendi então o que lhe exigira o diretor em troca dos seus serviços: uma incompatibilidade com o internato: "Você fica no lugar de Filipe, mas com uma condição: deixa de ser menino; não poderá conversar com alunos, ter amizade com eles. Dou-lhe ensino e comida de graça, a troco deste seu rompimento com a vida. Você será de agora por diante o meu instrumento, o meu sistema, a minha voz."

Mais uma que o colégio me dava! O meu único amigo, aquele que tinha coragem de ficar comigo, estava agora a serviço da tirania, virara cão de fila, um espia da ordem. Através dele iríamos sentir a opressão do velho diretor. Mas Coruja era um bom, não se entregaria com aquela subserviência de Filipe às suas funções. Podia ser decurião e continuar o mesmo. Apenas o diretor não o queria em camaradagem conosco. A autoridade exigia esses limites, essas distâncias.

Maria Luísa fora-se embora; Coruja, também, era o mesmo que ter fugido.

Este primeiro dia de colégio, eu o venci pensando nos outros. Agora tudo me parecia diferente. A experiência de seis meses dera-me a coragem de olhar o resto do ano com mais virilidade. Em janeiro um pobre novato caíra nas garras de seu Maciel, à toa, sem saber de nada. Ele fizera de mim o que bem quisera. Agora voltava mais homem, olhando as coisas com superioridade. Ninguém se colocaria acima de mim. Via os colegas sem os ligar, num plano inferior, sabendo todos os segredos do colégio.

Sentia de fato uma imensa saudade do engenho. Soltara-me daquela vez. Os poucos dias de liberdade, soubera gozá-los sem pena, estragando-me. Que falassem todos os meus passos errados, os ansiosos passos errados que me levaram para o amor. Um menino de 14 anos no Santa Rosa podia ser muito bem um pai de chiqueiro. Comi de tudo, fartei-me de tudo. Fui para o trem de Itabaiana com a agonia de quem se despedisse do mundo. Na estação, ouvia a conversa da gente:

— Este menino vai para o colégio, seu Zé?

— Está lá desde o começo do ano – respondia o meu pajem, orgulhoso dos meus estudos.

— O professor Maciel é um danado.

Virei as costas ao Santa Rosa com aquela advertência ameaçadora. Vi o trem chegar. Tomei o meu canto sem procurar ver nada de fora. Vi somente os presos da cadeia quase chegando. Olhavam das grades a liberdade indo e voltando todos os dias. Era um barulho bem incômodo para um preso, aquele da liberdade passando pelos seus olhos.

José Ludovina ainda me levou pela cidade antes de me deixar no colégio. Rodamos pelas lojas nas compras. Como desejava que aquele tempo não se acabasse mais. E com passos miúdos cheguei ao cárcere.

Agora estava ali, com aquela surpresa absurda de Coruja, outro, mudado, virado pelo avesso. Não acreditava naquilo. Uma alma daquela não ficaria outra assim tão de repente. Talvez que não quisesse, com a sua posição, andar pelo recreio conversando, como dantes. Um decurião não devia fazer estas coisas. Não. Coruja, nunca que fosse um Filipe, um adulador dos impulsos malvados do diretor. Ele teria, sem dúvida nenhuma, uma maneira mais humana de agir, de cumprir direito o seu dever. Custava a acreditar que o meu único amigo, o terno Coruja dos bilhetes e dos conselhos, desse parte de mim a seu Maciel. Nunca que de sua boca saíssem coisas assim: "O seu Carlos de Melo fez isto, falou alto, comportou-se mal." Não tinha jeito de chamá-lo José João. Seria outra pessoa.

E fui assim com tais suposições, até a noitinha, a hora da conversa na porta de casa, com o velho em passeio pela cidade. Coruja ficava na direção do governo. Notava-se que era nova em folha aquela autoridade, para ser respeitada em toda sua plenitude. Ligavam pouco ao decurião novato. Ninguém queria se conformar que um menino da nossa idade pudesse mandar como um grande. Abusava-se do preposto de seu Maciel. E porque se percebesse a fraqueza do Coruja, fazia-se o que não se tinha coragem de fazer no tempo de Filipe. Só ouvia Coruja dizendo:

— Não façam isso, que eu digo a seu Maciel.

Diria nada. Do meu canto avaliava o sofrimento que andaria por dentro do meu amigo. Ele mesmo compreenderia que não era para ele aquela profissão.

No outro dia verifiquei que as minhas dúvidas não eram tão verdadeiras. Coruja apresentou a seu Maciel as suas impressões da noite anterior, vacilante, não fixando bem os fatos. Apresentava no entanto seu relatório:

— O seu Heitor não obedeceu, discutiu alto com outros. Clóvis saiu da calçada sem ordem.

Vacilante, talvez porque lhe faltasse experiência. Mas o bolo cantou da mesma forma pelas suas denúncias.

Quando chegaria o dia de apanhar por causa de partes do meu amigo? Vendo os colegas no couro, já não via tão distante esse dia. Precisava compreender que ele ganhava a escola de graça para fazer aquilo. Tio Juca me dizia que o inferno estava neste mundo. Para Coruja não haveria inferno pior. Um coração como o seu, manso, um terno coração de moça, a sofrer daquele jeito, machucando-se todos os dias no cumprimento de suas obrigações! Melhor seria que tivesse ficado no balcão da loja de seu pai. A ambição de fazer-se grande dera-lhe coragem de se mutilar.

Só queria ouvir o meu amigo a se desabafar. Sem dúvida que me contaria tudo: os seus sofrimentos, a paixão e as dores de um decurião de meninos. Era capaz de Filipe ser um bom, que o abuso da autoridade tivesse corrompido e estragado. Quem sabe se Coruja não terminaria assim, desejoso das nossas traquinagens para um relatório maior? O drama de um devia ser idêntico ao do outro.

Estava, porém, pensando mal do amigo, e me voltava a convicção de que Coruja não duraria muito tempo naquela vida.

Fazia as minhas suposições. À noite, quando ele fosse dormir, passando uma vista sobre os trabalhos do dia, muito haveria de se arrepender. Quantos apanharam pela sua denúncia? Um ruim até gostaria do número crescido das vítimas, compararia as quantidades sentindo prazer com os apanhados. Aquela vigilância excessiva de Filipe só podia ser o amor de um carrasco pela profissão. O outro, não. Teria remorsos dos seus libelos. Obrigava-se a tomar conta da gente. E para que os seus serviços aparecessem aos olhos do senhor, teria que apresentar vítimas para o patíbulo, senão não prestava, procurariam outro.

Em todo caso, para mim a subida de Coruja ao poder poderia ser útil. Filipe embirrava comigo, com o meu nervoso, com os meus vexames. Tudo lhe era um pretexto para as partes impiedosas; tudo servia para satisfazer a sua curiosidade de polícia impertinente. Em lugar deste olho miserável, estava agora um amigo que me compreendia, que saberia descobrir onde estavam as boas intenções, sem ódios prevenidos contra mim. Pensei até em abusar de Coruja. E ao mesmo tempo refletia: não daria trabalho ao novo decurião. Ao contrário, procuraria fazer tudo para não lhe desagradar.

Um amigo faria assim. Então porque era seu íntimo iria abusar desta amizade? Coruja havia de ver que eu o deixaria livre de dificuldades. Mesmo entre os colegas podia prestar-lhe serviços, evitar que alguém se excedesse, pedindo com jeito: "Não obriguem José João a dar parte. Ele não gosta de aperrear a gente!"

Fui para a cama com estes pensamentos íntimos. Defendia o amigo obrigado a se manter em serviços humilhantes. As precisões obrigavam a piores coisas. Coruja livrara-se de sacrificar o pai, de pesar na economia da casa com os seus estudos. Via-o um grande, maior do que todos nós juntos, que gastávamos os dinheiros paternos vadiando. Ele podia romper comigo, enredar de seu grande amigo, mas não deixaria de crescer para mim.

Muito bom pensar estas coisas na cama, fazer estes juízos para me consolar de uma amizade perdida. Que poderia me dizer o meu primeiro dia de colégio? Sabia lá se Coruja se manteria no cargo com elevação, fazendo justiça, limitando os seus poderes! E se fosse ao contrário? Se o velho Maciel tivesse exigido um decurião como os outros, enredador, intrigante? Era o que os dias me mostrariam em breve. Não havia melhor oportunidade para se tirar a limpo essa história de grandeza ou miséria dos homens.

29

Corriam os dias no colégio como os de sempre, dias compridos de aula, horas lentas de estudo. A chuva nos proibia da nesga de terra do nosso recreio, trancando-nos à força na sala de jantar. De noite não se botava a cara de fora. E a enredada e o mexerico encontravam campo preparado nestes ajustamentos. Eu estava mal com João Câncio, Pão-Duro, José Augusto. Falava com Heitor, que agora sem Coruja eu escolhera para amigo. Uma substituição medíocre, porque Heitor não valia grande coisa. Mentia muito, contava grandezas do padrinho. Só falava de Timbaúba, de Olinda, de Recife. Tinha orgulho destas viagens.

Desde que chegara ao colégio ainda não tinha apanhado nem uma vez. Compreendia melhor as lições. Não me expunha demais aos elementos. Resguardava-me das iras do diretor, dissimulando-me melhor. O colégio vivia agora sob as impressões do cinema: tinham botado um cinema em Itabaiana. Às terças e aos domingos pagava cada um quinhentos réis para o espetáculo da noite. Invenção maravilhosa esta, que nos ajudava a levar o tempo, a furar os meses com o pensamento nas fitas. Vimos *Os miseráveis* do começo ao fim: Jean Valjean era um grande, com aqueles dois revólveres nas barricadas, aqueles cabelos brancos, aquela força de gigante compondo para nós o maior homem do mundo. Levamos semanas seguidas com este romance nos agitando, a nos arrastar para um mundo de homens grandes demais e de homens pequenos como víboras. O chapéu preto de Javert, a vigilância de cão de seu faro perseguindo o justo, o santo que era Jean Valjean, nos inimizavam com tudo quanto era secretas, policias, defensores da ordem. A história toda arrebatava a nossa imaginação para os perseguidos, para os que roubavam porque tinham fome, para os que protegiam os pobres ou morriam nas ruas pela liberdade.

O cinema de Chico Sota tremia como um velho. A mulher dele tocava piano, umas valsas penosas para os dramas, umas marchas às carreiras para as traquinadas de Bigodinho. Totolino sofria o diabo nas fitas da Pathé. Lembro-me do *Grande industrial*. O sujeito tinha um chapéu de palha de abas grandes, a mulher andava a cavalo. Foram passeando um dia e ficaram trancados numa espécie de fortaleza. Um pastor que tangia os carneiros tinha visto os dois entrarem. Mas esqueceu-se deles depois, trancando uma porta muito pesada. Ficariam presos lá dentro. O sujeito saltou do muro alto em baixo.

Havia outra fita. *A vida de uma rainha*. Ela foi degolada. O carrasco, baixinho e gordo, e a pobre com os olhos bonitos olhando para o povo. Quando o cutelo caiu no pescoço dela, o piano gemia uma valsa que eu nunca mais esqueci. Chorei naquela noite. D. Emília também chorou. De volta o diretor comentava:

— Sofreu muito Maria Stuart.

E d. Emília queixando-se:

— Não gosto de fitas assim. A gente vem se divertir e acontece uma coisa destas – com uma voz ainda úmida das lágrimas.

A chuva também nos estragava o cinema. Ficava aos domingos a espreitar o tempo, com medo das nuvens pesadas. Quando amanhecia chovendo, passava-se o dia inteiro com o receio do cinema perdido. E as chuvas de julho não davam tréguas, não respeitavam ninguém. De castigo, no quarto do meio, consumia as minhas horas de encarcerado olhando as réstias, informando-me do que havia sobre o tempo pelos pedaços de sol que as telhas de vidro espalhavam no quarto. De repente clareava. Muito alegre para mim este sinal de estiada que chegava. Durava pouco o júbilo, porque uma nuvem pesada escurecia tudo de novo.

 E ia assim até de tarde. O diretor chegava na porta da rua, olhava para cima, tomando tenção das coisas, e nos mandava vestir.

 Às vezes, porém, de roupa já mudada, vinha uma pancada d'água para nos atrasar. O velho temia a chuva de longe. A sua asma ensinara-lhe cautelas rigorosas no inverno. Uma vez quase que perdíamos uma parte dos *Miseráveis*. Jean Valjean naquela noite tinha uma grande coisa a fazer. E a chuva cantando nas biqueiras. O diretor mandou um recado ao Chico Sota para que só principiasse o cinema depois da chuva estiada.

 Doutras vezes o velho aborrecia-se de veneta, e o cinema ficava para a outra noite. Deixava-nos assim com fome de sensações. Dormíamos enervados para uma segunda-feira de aulas, com lições erradas.

 O cinema já nos era um incitante sem o qual não podíamos passar. Levávamos a semana discutindo as fitas, comentando os enredos. Corrigiam-se atitudes, emenda-vam-se situações, aprendiam-se mesuras da sociedade. Havia mulheres tentadoras vestidas na última moda, bem diferentes das mulheres que víamos na vida. Tudo era diferente naquelas existências. Os homens tinham outros modos. As mulheres saíam de casa sozinhas. Viram uma, brigando com o marido, dizer-lhe com a maior simplicidade deste mundo: "Vou para a América!", como tia Maria diria: "Vou para o sítio do seu Lucino." A gente daqueles lugares era mesmo de outro planeta.

As comédias obrigavam-nos, no entanto, a não acreditar em tudo o que víamos: caíam casas enormes em cima de Bigodinho, e ele nem como coisa, saindo dos escombros sem uma costela partida. Davam-lhe tiros; parava trens com as mãos; despencava de alturas imensas e levantava-se faceiro. Estas aventuras cômicas estragavam a seriedade com que queríamos comentar os filmes. Tudo ali era mentira. Jean Valjean não levantara aquela carroça com um menino debaixo, não arrombara os ferros do esgoto. Ninguém podia firmar uma opinião e dar uma coisa de fita como prova.

— Você vai atrás de cinema? Aquilo é fita mesmo.

"A gente vem se divertir..." dizia d. Emília. E o cinema só devia ser mesmo um divertimento.

Uma nota curiosa: não me faziam medo os defuntos da tela. Podia vê-los à vontade, sem receio. E no entanto chorava nas fitas tristes. Vira rolar a cabeça bonita da rainha como se fosse a de uma boneca, com pena, é verdade, daquela desgraça, mas sem me aterrorizar com a cena. Eu, que não podia ver um caixão sem calefrios, olhava os cadáveres cinematográficos com indiferença. Não sonhava de noite com eles, quando passei não sei quantos dias com o meu pai morto nos meus sonhos.

Levaram também em Itabaiana a *Vida, paixão e morte de Nosso Senhor Jesus Cristo*. Um Cristo muito barbado e um Judas feio demais. Não me fez o efeito que eu esperava, o desenrolar do drama maior de todos. Havia muita pedra de mentira no Horto das Oliveiras, muitos montes que a gente via que não eram montes. Não me comovi com a malvadeza dos judeus. Tudo malfeito, sem realidade. Muito mais humana era a história contada de sinhá Totonha.

A verdade, porém, era que o cinema nos educava, mostrava-nos cidades da Europa, terras coloridas da Itália. Lá estava Florença, a terra do Pequeno Escrevente Florentino. O Arco do Triunfo de Napoleão em Paris. Roma, com igrejas grandes. Gênova, donde Marcos saíra para a sua viagem.

Clóvis sabia histórias de fitas admiráveis assistidas na Paraíba: *Os mistérios de Paris, A lagartixa...*

— Quando passarem aqui, vocês vão ver. Tem mais de mil metros cada série.

Ficávamos por perto dele para ouvir o romance. Sabia todos os detalhes; os tipos eram descritos com todos os seus sinais. Rodolfo era bonito, de bigode preto, um príncipe. Havia uma mulher chamada Coruja, um homem Manquito e um cego miserável. Embriagávamo-nos com os lances das histórias de Clóvis. Contava parte por parte, com todos os dizeres. E andava, puxava revólveres, fazia as caretas e os gestos de seus personagens.

— Não é assim – ajuntava Vergara, que também vira a fita. — Quem dava na menina não era Coruja.

Sustentavam os dois polêmicas compridas por causa de detalhes, de palavras que não lhes pareciam as mesmas dos diálogos.

— Quando passarem aqui vocês vão ver.

— Clóvis, você se lembra da cara que o cego fazia morrendo afogado?

E vinha a cara sinistra, a ânsia da morte exibida de graça para a gente.

As conversas do recreio mudaram de rumo depois do cinema de Chico Sota. Começava-se a imitar os gestos dos atores, as atitudes. As mulheres para mim eram revelações. As duas caras mais bonitas que eu tinha conhecido seriam as de Maria Luísa e Maria Clara. E d. Judite também. Mas que belezas quase ridículas na frente das mulheres do cinema! Lindas, andando diferente das outras, estirando os braços devagar quando falavam, olhando para os outros com quebrados de tentação. Aquilo, sim, que eram mulheres de verdade. Todas as que eu conheci eram feias junto delas. Então os meus sonhos se enriqueciam com as suas caras brancas, os seus olhares famintos. E os homens as beijavam na frente da gente, beijos demorados. Não eram aqueles beijos de longe, fingidos, que deram os artistas numa comédia que vimos ali, no palco do cinema.

Uma noite havia fita de Bigodinho. E o cômico tinha, desta vez, o nome de Doidinho no enredo. O colégio todo virou-se para mim:

— Olha o Doidinho! Olha o Doidinho!

Riam-se mais de mim que do cômico. Aquilo me magoava. Andava exigindo que acabassem com aquela história de Doidinho comigo. E ali, todos em uma voz me identificando com o apelido da tela.

Por que se mostravam tão ruins assim os meus colegas? Abusavam dos mais fracos, dos mais infelizes, dos mais atrasados. Só Coruja eu via grande naquele meio, e este mesmo nos deixará.

Voltei para casa pensando nestas coisas. João Câncio andava de ponta comigo. A inimizade com Pão-Duro já não me incomodava. Me habituara com ela como a uma doença. João Câncio era um Pão-Duro também. Com uma falinha fina, cheio de histórias e conversas em cochichos. Mais adiantado do que eu, em pouco tempo passei-lhe a perna nas lições. O velho Maciel não perdia oportunidade:

— Atrasadão! Está aí o seu Carlos de Melo. Chegou no segundo livro, e já lhe passa quinau. Você devia ter vergonha nesta cara de relógio.

E esta insistência do meu nome em confronto com o dele preparou o ódio de João Câncio contra mim.

Discutíamos não sei por que, e ele me agravou no que mais me podia ofender:

— Não tenho parente criminoso!

Nunca mais falei com João Câncio. Não quer dizer que não nos perseguíssemos mutuamente. Quando o inimigo voltava da latrina, eu corria atrás dos seus passos. Se achasse qualquer coisa, a parte chegaria aos ouvidos do diretor. E ele não fazia por menos. Não contaria, é verdade, com Coruja, para as suas queixas. E fosse no tempo de Filipe, seu primo, teria todas as vantagens. Vivia pegado com Clóvis, manobrando o menino à vontade. Mandava nos brinquedos dele; a lanterna mágica não saía de suas mãos.

Todos os meus inimigos pegavam amizade com o pobre do Clóvis. O velho Maciel, com a lição de Pão-Duro, abria os olhos e os ouvidos para o chamego deles. Pão-Duro, proibido de falar com o seu amor de outrora, vingava-se de ambos com intrigas, falou com d. Emília. E antes que houvesse um caso, separaram a cama dos dois.

João Câncio tinha ao lado dele a negra Paula, um elemento ali de primeira ordem para uma guerra. A negra me perseguia botando bananas podres no meu prato, carne com nervo. Aborrecera-se de mim, o meu anjo mau da semana santa. E a minha inimizade com João Câncio caminhando para um desfecho agudo. Uma fita de cinema provocara esta situação. O aparelho de Chico Sota tremia a história de um adultério. O marido entrava de portas adentro e matava a mulher de revólver. Eu via João Câncio dizendo alto para que eu ouvisse:

— O pai de Doidinho fez assim também.

Não disse nada, e também não soube o que se desenrolou mais na tela. A minha raiva escondida me cegava para tudo.

Voltávamos dois a dois para o colégio. Pelo caminho imaginava a minha vingança contra o miserável. Não posso negar que pensei em matá-lo. Tinha comigo um canivete que trouxera de casa. Mas este pensamento mau, eu o botei logo para fora. No outro dia, no recreio, o cara de relógio me pagaria.

Dormi com a vingança premeditada, e acordei com ela me animando, insuflando os meus ódios. E no recreio chegou o momento. Fui a ele:

— Queria falar com você atrás da latrina.

E saímos.

— O que estava falando no cinema era comigo? Filho da puta!

E meti-lhe um murro na cara, com a raiva maior da minha vida. Rolei pelo chão, e desabafei-me à vontade nas dentadas e nos bofetes. Ouvi o velho gritando:

— Levantem-se, seus cachorros!

E não ouvi mais nada. O mundo fechava-se para mim. Taparam-se os meus ouvidos e os meus olhos. Comecei, sim, a ouvir de muito longe uma voz afastada de mim. Vinha-se aproximando, vinha devagar; era como se ouvisse uma coisa abafada. E foi se chegando, se chegando. A voz já era de mais perto. Ouvia o que diziam. Abri os olhos. Seu Coelho estava perto de mim, me dando uma coisa fria para cheirar. Falava para os outros:

— Não foi nada. Um ataque de raiva somente. Está passando. Carlos, Carlos, o que é isto? Força, rapaz.

Os meus sentidos voltavam de um desmaio. Chegavam trôpegos para a vida. D. Emília, o diretor, a negra Paula, todos à beira da minha cama.

— Acho bom um escalda-pés. Pode ter sido um insulto de congestão – dizia seu Coelho. — Assim, logo depois do almoço...

Botaram os meus pés numa bacia de água quentíssima. Já estava dono de tudo o que era meu. Percebia as conversas de fora.

— Não é preciso nada. O menino teve uma coisa passageira. Um ligeiro insulto. É bom dar-lhe um purgante.

— Não precisa. Isso passa.

Coruja chegou para falar-me:

— Que diabo foi isto, Carlos? Você estragou o pescoço de João Câncio.

— Ele falou no meu pai, Coruja.

Nem soube o que fiz. Mas vi os olhos de Coruja cheios de lágrimas. Passou-me a mão pela testa:

— Você esteve quase meia hora com uma vertigem.

O resto do dia foi todo de uma modorra, como se tivesse andado léguas e léguas a pé, a cabeça doendo, o corpo a arder. Da cama escutava a aula, as lições em voz alta, as perguntas e as respostas, o grito do diretor, o estalo dos bolos. D. Emília de vez em quando chegava para me interrogar:

— Está sentindo alguma coisa?

Seu Coelho voltou:

Doidinho • 185

— Que diabo! Você está virando bicho?
— Seu Coelho! Ele falou de meu pai!
— Por que não me disse?

Heitor também apareceu depois da aula para conversar:
— João Câncio está mordido no pescoço que faz pena.

Todos queriam me agradar, encher-me de satisfação com o estrago que fizera. Pensavam que assim melhorasse a minha saúde.

Demorou-se muito, o Heitor. Puxou conversa para me distrair:

— Domingo vai começar *Os mistérios de Paris*. Seu Coelho vai levar o colégio para o poço de Maracaípe. O rio já secou.

Uma noite de um sono pesado, sem sonhos.

Levantei-me para lavar o rosto. O velho Maciel me voltou:
— Fique no quarto. O senhor não sairá hoje.

Vi João Câncio. O bicho me olhou de cara baixa. Senti uma espécie de alegria vendo-o humilhado, com as marcas dos meus dentes no seu corpo.

Não queria mais que me chamassem de Doidinho. O apelido começou a me ofender como uma descompostura.

30

Não sei por que, mas fiquei outro no colégio depois do ataque. Não fora aquilo uma tolice, como afirmara seu Coelho? Por que então aquelas cautelas da gente grande e os sustos dos meninos quando estavam comigo? Começavam a me dar uma vida de exceção. O velho Maciel chamava-me pouco nas lições, nos primeiros dias. D. Emília não deixava que botassem farinha no meu prato. Entre os colegas era olhado como se fosse com respeito. Não discutiam comigo. Parece que tinham medo de tocar naquele frasco de vidro. Havia recomendações do diretor a meu respeito.

Com o tempo deveria passar tudo aquilo. Não sofria nada. Comia bem, embora às vezes sentisse, com as saudades de casa, uma vontade de correr, uma espécie de agonia, de desejo incontido dentro de mim. Era somente de minutos. Passava, porém eu voltava destes frenesis bambo, de corpo mole.

Ficara com um medo medonho de ter outra síncope. Este contato com o desconhecido, aquela meia hora de morto, com os sentidos entorpecidos, aquele passeio por fora da vida, me estremeciam só em pensar numa repetição. Mas o ataque fora somente porque eu me metera a brigar depois do almoço. O fato é que um terror novo esta extravagância trouxera para mim. Podia dormindo ser atacado, amanhecer morto, sem ninguém para me acordar com uma coisa fria no nariz. Lembrava-me do primo Fernando. Ia sozinho pela estrada e os moradores encontravam o pobre estendido no chão, desfalecido. Uma vez, bem na calçada da casa-grande, ele caiu batendo, com a boca espumando. Poderia ficar como ele. Seu Coelho achava que não, que não tivera nada. Fora somente um embaraço passageiro. Certa noite acordei com uma perna como morta. Assustei-me, e não era nada: uma dormência comum. O diabo das doenças começava a ter vida para mim, uma existência com todos os detalhes. Havia no quarto de seu Coelho um livro de medicina. Lia os diagnósticos com os sintomas bulindo dentro de mim. Tomava o pulso, e o sentia falhando. Aquele meu ataque podia ser um princípio de epilepsia. Era este o nome que o livro dava aos ataques como os de Fernando. Isolava-me pensando nessas coisas terríveis, que passavam o tempo em minha perseguição.

Uma ocasião, brincando no quintal, corri um pouco. E o coração bateu-me às pressas. Estava doente do coração. Fui a seu Coelho.

— Deixe de ser besta, menino. Você já viu menino sofrer do coração?

Esta resposta firme botou para correr a doença inventada. Havia outras, porém. O primo Fernando era um exemplo vivo que me indicava a memória. O único remédio era morrer. E se aquela vertigem tivesse sido um começo, um ensaio do mal? Procurava o livro consultado. Seu Coelho pegou-me com a sua obra nas mãos:

— Deixe isto aí. Isto não é livro para menino. Não me pegue mais nele. Depois você fica imaginando doenças. Vá brincar. Você deu agora para andar bisonho, pelos cantos. Deixe de ser besta.

Lera sobre moléstias do mundo. A que eu tivera trazia umas consequências horríveis. Poucos se curavam daqueles males. Lá isso eu notava mesmo. Não era o mesmo de antes. Não aguentava ficar muito tempo de cócoras. As juntas doíam-me. Aos 14 anos, com dores de velho. Vinha-me a certeza de que morreria logo.

Faltava-me uma amizade que me envolvesse, arredando-me daqueles pensamentos. O colégio, um vazio humano para mim. Cadê Coruja, que me queria bem? Maria Luísa, que eu amava? Só havia gente sem correspondência com os meus entusiasmos, mais bichos do que gente. Clóvis, um fraco, que só podia viver com outros; João Câncio, Pão-Duro, José Augusto, os filhos de Simplício, Heitor – todos eles mais ou menos iguais. Procurasse um que fosse capaz de um afeto, de uma amizade grande, que não encontrava. Pobres arbustos humanos, incapazes de uma sombra, de uma boa sombra acolhedora. Aurélio, nem se falava. Cada dia que se passava, mais regredia. Cada vez mais doente. Os olhos agora tinham ficado amarelos. Todo ele amarelo, com a icterícia que lhe viera da moléstia. Dormia perto de mim, e quando não o ouvia roncando, batia na cama, com medo de que tivesse morrido. Um dia morreria sem ninguém esperar. E se o Papa-Figo esticasse a canela ali no colégio, como seria? Como seria o enterro de Papa-Figo, e quem ficaria no quarto com ele? Quem vestiria Papa-Figo? Corria no impulso destes pensamentos.

Mas um dia Aurélio amanheceu com uma dor. Botaram a cama dele no quarto do meio. Amanheceu no outro dia com a mesma dor. Deram-lhe purgantes, banhos quentes. Vi seu Coelho abanando a cabeça, d. Emília vexada, o diretor soturno, e Aurélio gemendo. Veio-me logo, violenta, a ideia da morte. O colega morreria naquela noite. Do quarto ouvia o gemido profundo, linguagem sinistra de quem se negasse a um chamado de longe. Ninguém dormiu. Os banhos quentes se sucediam, os cochichos, as ordens em voz baixa. E gente no corredor para baixo e para cima. José Augusto levantou-se para olhar.

— Vá deitar-se. Não quero menino aqui.

O relógio batia duas horas. Pelos quintais cantavam os galos. Uma coruja passou sombria, por cima da casa. O diabo chegava mesmo na hora para o agouro. Ouvia a voz de seu Coelho:

— Não precisa mais banho.

E o gemido de Aurélio mais baixo, cada vez mais baixo. Era todo ele agora um rumor abafado. Parecia que o pobre roncava.

— Traz a vela.

Aquele pedido deixou-me aterrado na cama. Coitado do Papa-Figo! Estava nas últimas. O tique-taque do relógio se ouvia nítido, no quarto. E era um soluço enfraquecido o que se ouvia do outro lado. Notava que o soluço de Aurélio já não acompanhava a ida e a volta do pêndulo: andava mais devagar. Corri para a cama de José Augusto, chorando. A morte rondava o colégio. Já vinha entrando de portas adentro; estava olhando na cabeceira da cama de Papa-Figo. E tudo ficou consumado.

Às seis horas da manhã nos levantamos às carreiras. O quarto do meio com uma vela acesa. Via a cama do colega com um pano branco, e uma imagem de Jesus Cristo na parede, um Jesus Cristo de braços abertos. Não quis olhar na porta, como os outros.

A casa se encheu de famílias de perto. Chegou o caixão. Vestiram o Aurélio. Tudo isto sabia através dos meninos. Fugira para o fundo do quintal, para não olhar coisa nenhuma. De vez em quando aparecia um:

— Fui ver Aurélio. Está branquinho...

Estas notícias me faziam medo. Era como se me viessem contar histórias de outro mundo.

O enterro saiu às quatro horas. O colégio todo acompanhando. A negra Paula chorando alto, urrando. Seu Coelho explicava às visitas, se defendendo do caso perdido:

— Desconfio de uremia. Passou três dias sem verter águas. Ataquei todos os recursos.

Pobres recursos os de seu Coelho! O que podia saber a ciência do velho amigo?

Quando chegamos do enterro, d. Emília chorava, boa amiga de todos nós. E à noite chorei também. Não era com pena de Aurélio. Chorava com medo da morte. E ela estivera ali dentro do colégio, a dois passos da minha cama. Pensava: a estas horas Papa-Figo está debaixo da terra. Por onde começaria a se desmanchar o seu corpo? Concentrava-me para expulsar de minhas cogitações estes pensamentos desgraçados. Eles tinham mais força, no entanto, do que a minha vontade. Mandavam em mim. Os outros meninos foram dormir com pavor. Cada um levava para o sono o terror daquele desconhecido que nos esmagava.

A mala de Aurélio estava conosco no quarto – lembrança ostensiva do pobre. Era todo o orgulho do Papa-Figo aquela mala arrumadinha, com uma estampa de santo em cima. Parecia que o estava vendo a arrumar a sua mala. A gente chegava perto para ver:

— Saia daqui seu Carlos de Melo. Vou dizer a seu Maciel.

Não deixava ninguém olhar os seus segredos.

Fiquei espiando para a mala sem pegar no sono. Lembrança viva do defunto, ali dentro do nosso quarto. Lá estavam também os sapatos dele, feios como o pobre, a toalha e a escova de dentes. Virava o rosto para a parede, para não ver mais aquelas coisas. Tinham uma vida esquisita aqueles troços do Papa-Figo. Deviam ter botado tudo aquilo para fora.

O outro dia ainda foi todo de preocupações com a morte. Seu Maciel sentira de verdade o desaparecimento do aluno:

— A família não teve coração. Escrevi ao pai duas vezes, passei telegrama, e só ontem me escreveu marcando o dia para levar o menino. Agora que o venha buscar debaixo da terra.

Que trabalhão me deu! Primeira vez que enterro um aluno interno do meu colégio!

E se falava de bem de Aurélio. Era doente, dizia d. Emília, mas tinha um coração de moça. Entre os meninos, ninguém o chamava mais pelo apelido. A morte exigia destas considerações.

De noite, porém, o ambiente já parecia outro. Os meninos haviam quase perdido o medo de Aurélio. Heitor quis ver se abria a mala. Estava fechada a chave. Sacudiu o chinelo do pobre na cama do Zé Augusto. Este jogou-o para a cama de Heitor. Parecia-me que jogavam peteca com um sapo. E quando o chinelo caiu em cima da minha cama, soltei um grito de asco.

— Que é isto aí?

— É seu Heitor sacudindo o sapato de Aurélio na cama da gente.

— Levantem-se, seus insubordinados!

O quarto todo apanhou de camisão de dormir.

Dias depois chegou o pai de Aurélio. Agradeceu muito ao diretor os trabalhos que tivera com o filho. Pedia desculpas. Só recebera o telegrama com um atraso muito grande. O engenho dele ficava a muita distância de Timbaúba.

Almoçou conosco. Eu olhava para o homem descobrindo alguns traços do filho. Sobretudo os olhos azuis.

— Coitado daquele menino! – falava para o diretor. — Desde pequeno que era assim. Esteve em Recife com todos os médicos, e todos me desenganaram.

D. Emília aliviava esta mágoa:

— Bonzinho! Não dava trabalho com comportamento.

Ele levou a mala do filho.

— Para o ano tenho um aluno para o senhor. Mas este o senhor vai ver: é um meninão!

Até o pai vinha para ali diminuir o pobre do Aurélio, fazer comparações humilhantes. Notava-se mesmo o orgulho do velho falando do outro: um meninão. O que mandei para aqui era uma besta, um troço humano. O que está em casa, sim, que é meu filho. Vocês vão ver, vocês que mangaram tanto do Aurélio...

Quando ele saiu, seu Coelho me disse:

— Só tem conversa! Matuto besta... E ruim! Deixou o filho morrer, e ainda vem com pabulagens e desculpas de papa-ceia... Tive vontade de dizer umas verdades. Bicho sem coração!

31

O QUOTIDIANO DO COLÉGIO amansava os meus nervos. Estavam ali a gramática para decorar, cidades principais da geografia, as regras de três da aritmética. Não me davam tempo para ficar sozinho com as minhas preocupações. E de noite chegava na cama de corpo mole. Os exercícios de tiro nos faziam este bem: preparavam-nos para o sono de animais cansados. Não tinha jeito para os exercícios militares. Faltava-me qualquer coisa, pois todos os meninos eu via sabendo fazer as meias-voltas e os direita volver. Fiquei o ridículo do colégio. Quando o sargento gritava uma ordem, me aturdia. E enquanto os outros se viravam para um lado, eu fazia justamente o contrário. Estouravam em risadas.

— O senhor não pode formar no domingo.

Não tinha segurança nas minhas direções, confundindo os lados, o esquerdo com o direito.

— O senhor é um trapalhão – dizia o sargento. — É o único que não aprende.

O velho Maciel me disse:

— Pelo que eu vejo, o senhor precisa de bolo também para aprender estas coisas.

O diretor ficava de longe, vendo os exercícios no meio da rua. Vinha gente para as janelas, olhando as nossas evoluções. O chefe do meu pelotão era Pedro Muniz.

— Acertar passo!

E tremiam a perna, não se acertava nada. Aí é que eu errava. E as reclamações do sargento:

— Vou dizer ao diretor. O senhor não quer levar a sério a instrução.

Comecei então a apanhar por causa mais desta disciplina. Pedi para sair do tiro. O velho me recebeu com quatro pedras na mão:

— Está muito enganado. Quer ficar em casa na maroteira. Vá para lá.

Eram mais fáceis as lições de gramática. Decorava tudo com uma precisão de máquina. Começou assim o meu novo martírio. A minha incapacidade para certas compreensões se resolvia com os castigos violentos. Eu, que já me libertara dos bolos pelas lições erradas, pegava agora esta tarefa bem difícil de vencer. João Câncio, Pão-Duro se enchiam com os meus fracassos. Eram dos bons do tiro. Marchavam bem, sabiam as esgrimas. Teriam na certa patentes elevadas. Vergara, que já tinha formado no Diocesano, exibia-se como um grande. O sargento gostava dele e por isso lhe dera um pelotão para comandar. Não tinha dúvidas da minha inferioridade no meio dos colegas.

A grande parada de Sete de Setembro estava na porta. Ensaiava-se também o Hino Nacional. Haveria passeata. O colégio acamparia lá para as bandas da fábrica de curtume, um dia inteiro como os exércitos. O mês de agosto decorreu com estes em treinamentos. O sargento me ameaçava:

— O senhor não pode formar no dia 7.

Já experimentara minha farda no alfaiate Ferreirinha. Com um bocado de esforço talvez que vencesse essa incapacidade. Os meus cálculos me ensinavam regras de nova vida. Havia de modificar-me. E ia para a formatura com estes pensamentos. Tocava a corneta. O tambor rufava. Saía andando o batalhão pelas ruas de Itabaiana. Bem defronte da igreja parava para os exercícios.

— Ordinário! Marche!

— Companhia! Seeentido!

Estes gritos todos entravam-me ouvidos adentro, perturbando-me. Não sabia obedecer.

— Direita... volver.

E virava para a esquerda. Ficava no meio dos outros como uma barata tonta, perdido, desorientado.

— Que diabo é isto? – gritava o sargento. — O senhor está debochando de mim? Não estou aqui para aguentar isto. Saia de forma.

Saí para um canto, de pé, olhando os colegas. Todos acertavam. A um simples apito, mudavam de posição, todos iguais, dirigidos de fora pelo sargento, muito satisfeito de sua obra. Só eu era aquele trambolho no meio de tanta disciplina. O velho Maciel chegou para olhar:

— Por que o senhor não está formando?
— O sargento me mandou sair.
— Por quê?
— Eu não acertava.

Depois chegou o sargento:

— Mandei sair este menino porque estava fazendo pouco da instrução.

O velho me feriu mortalmente com o olhar.

— O senhor siga para o colégio. Espere lá que já chego.

O diabo se metera comigo outra vez. Desde que chegara das férias não tinha ainda apanhado. Somente agora, por causa daqueles exercícios, ameaçado de quando em vez. Lia bem, melhorara a letra, adiantava-me aos pulos. Vinha agora aquele sargento três vezes por semana para estragar esta conquista do meu esforço, da minha memória. Sentei-me na porta esperando o diretor. Era num fim de tarde de cidadezinha do interior. Lá estavam as famílias pelas calçadas. O piano do dr. Bidu repetindo as mesmas notas da lição. A Igreja do Carmo, toda branca e pequena, bem humilde, olhando para a torre grande da Matriz. Soprava um vento frio, desses que fazem a gente pensar nas coisas tristes. Da janela do dr. Bidu conversavam para a janela do juiz de Direito. Não sei de que falavam. Com mais um pouco, apontou o diretor numa esquina. Vinha no passo largo, com vontade mesmo de chegar em casa. Fui esperá-lo na sala de aulas. Ouvia os passos dele na calçada. Dava boa tarde para as vizinhas, abrindo o ferrolho da porta. Já estava gritando:

— Onde está o senhor Carlos de Melo?

Viu-me junto da mesa.

— Então o senhor quer anarquizar os exercícios?

— Não senhor, não tenho jeito.

— Não quero conversas, seu doudo. Não quero conversas.

E o furacão se desencadeou, gritando tanto que d. Emília chegou:

— Maciel, o que é isto? Olha a mulher do Bidu, que está na janela ouvindo. Você parece que está com o mundo se acabando!

— É este menino que me esgota a paciência, me mata.

— Mas não precisa esses gritos. Quem passa na rua vai pensar que você está furioso.

— Que furioso que nada! Isto é um estabelecimento de ensino. Aqui se castigam os insubordinados. Quem quiser que se mude.

E passou-me o bolo. Tocava a corneta do tiro na rua, o tambor rufava. As ordens imperiosas do sargento chegavam até dentro de casa.

— Companhia... seeentido! Dispersar!

Havia ordens mais severas ali dentro.

— Quinta-feira vou ver o senhor nos exercícios. Quero apreciar as suas graças.

Tinham ido embora todas as considerações ao doente.

— O senhor o que é, é um genista de marca. Briga com um, briga com outro. Pois é do que eu gosto: de gente assim, já ouviu? De gente assim.

D. Emília voltou:

— Acabe com isto, Maciel. A mulher do juiz está escutando tudo.

— Tenho nada que ver com a mulher do juiz! Que se amolem! É boa esta, é boa! Então não posso mais repreender os meus alunos? A senhora dona Emília não quer incomodar os vizinhos... Ora vá plantar batatas!

— Grite à vontade, homem de Deus. Pode gritar! Tenho nada com isto não...

— É o que eu lhe digo: vá mandar lá na sua cozinha. Deixe-me no meu lugar.

No meu canto, abatido ainda pela reprimenda cruel, escutava o casal arengando.

— Era somente isto o que me faltava. Não posso mais levantar a voz. Não posso nem dar um espirro, que não venha a senhora dona Emília reclamar...

D. Emília já tinha deixado o marido comigo. E a fera se virou para mim:

— Prepare-se para quinta-feira. Quero ver as suas gracinhas.

No outro dia, na aula, ainda falava. Chamou-me nas lições, experimentando-me de todos os lados. Não encontrou nada para falar. E a propósito não sei de que trouxe o meu nome:

— Aqui agora temos um palhaço, um engraçado. Está bem. Pode ele ficar certo de que eu lhe tiro as marmotas.

Olhei para ele sem querer.

— É com o senhor mesmo. Amanhã vamos ver isto.

E depois:

— Seu Olavo Lira, o que é que o senhor está fazendo?

— Nada não senhor.

— Mostre-me esta pedra.

— Tem nada não senhor.

— Mostre-me esta pedra, estou dizendo.

E o menino deu-lhe a pedra.

— Que conta é esta? Que história de noventa e seis bolos é esta?

— Estava contando os bolos que o senhor deu hoje.

— Contando os bolos? Pois bem, venha para cá, venha completar os cem. Venha, seu Lira.

E começou:

— Noventa e sete, noventa e oito, noventa e nove – e arredondou a conta do menino — cem.

Na quinta-feira dei parte de doente. Fingi-me com dor de cabeça. O velho olhou-me de lado:

— Então não vá para os exercícios.

Fiquei na porta assistindo aos colegas nas manobras, sentindo inveja daquela facilidade. Por que seria que eu não dava para aquilo? Todos os burros do colégio davam.

João Câncio se metia em bolos por causa dos verbos, e, no entanto, brilhava entre os outros. Todos correspondiam ao esforço do instrutor. Somente eu com aquela aversão radical. Talvez fosse o meu nervoso. No sábado voltaria. Não seria possível que errasse tudo como da outra vez. Assegurava-me definitivamente na tentativa a fazer. Poderia ir quem quisesse para lá. O velho Maciel não me meteria medo. Por que diabo não soubera dominar a minha indisposição, as minhas repugnâncias?

No sábado atrapalhei-me mais do que nos outros dias. O sargento levara uns rapazes para ver o adiantamento dos seus subordinados. O diretor, com o dr. Bidu, comentava de longe os acontecimentos. E começou o fracasso. "Direita volver!" – e eu virava para a esquerda.

— Qual é então o seu lado direito?

Fiquei indeciso. A canalha caiu na risada.

— Não posso mais com o senhor. Saia fora de forma.

Deixei o meu canto com lágrimas nos olhos. Sabia por que chorava.

— O que foi, menino? – perguntou-me o dr. Bidu.

— Já sei – acrescentou o diretor. — Vá para o colégio. Não é a primeira vez.

E o resto foi como sempre. Os mesmos bolos, os mesmos gritos. Ouvi d. Emília dizendo a ele:

— Tire ele, Maciel. Parece que o menino não tem jeito. Aurélio não era assim?

— Não o compare com o outro. Era um doente. Este é um insubordinado.

Ficava pensando no outro dia de exercício, amedrontado. Podia chover. Tomara que chovesse. E na terça-feira lá chegou o sargento. Chamou-me sozinho. Fiquei na frente dele para uma lição particular. "Direita... volver!", "Ordinário! Marche!" "Descansar!" O diabo eram as minhas confusões. Não acertava depressa com as ordens dadas, atrapalhando-me com os lados.

— Só amarrando uma fita no seu braço esquerdo para o senhor acertar.

Neste dia triunfei. Fui até o fim dos exercícios. Um triunfo aparente, porque depois botei tudo a perder. Os meninos não queriam formar a meu lado.

— Ele atrapalha a gente.

Quando o velho não aparecia nos exercícios, chegavam os enredos:

— O sargento manda dizer que o senhor Carlos de Melo hoje não fez nada.

— Cadê ele? Venha para cá, seu babaquara.

Proibia-me do cinema até me desempenhar bem na instrução militar.

Seu Coelho sentia o tamanho da minha tragédia.

— Maciel tem cabeça dura. Não está vendo que este menino não dá para isto?

Mas sempre devia haver uma coisa para me perseguir. Vencera a gramática, a leitura, os problemas, dando trabalho de gigante à minha memória. Tudo aquilo parecia-me fácil em relação às ordens do sargento. Decorava as perguntas e as respostas sozinho. Aquela história de instrução no meio dos outros perturbava-me. O meu nervoso não sabia se manter nas provas em público. E o resultado era a nova escravidão a que me prendiam. Chegava lá afrontando, e quando o homem gritava para o colégio, eu perdia completamente o domínio da minha vontade, ficava às doidas, aturdido.

32

No colégio só se falava na parada do dia 7. Experimentavam-se uniformes. O meu chegara, com o quepe de abas grandes para a frente. Não caía nos olhos, como os bonés novos do exército. Deixei-o no fundo da mala sem entusiasmo. Via as divisas de Pão-Duro roído por dentro. João Câncio e Vergara pegaram patentes de sargento. Até Clóvis tinha uma fita no braço. Mangavam de mim:

— Doidinho fica atrás levando as panelas.

Se danassem todos eles, fossem para o inferno. Estava no colégio para aprender a ler, e não para me meter a soldado. De que me valeriam aqueles exercícios? Viessem para a geografia, para a história, e eu daria conta do que estava fazendo ali. Mas tudo aquilo não passava de desculpas para me iludir. Procurava sarar as feridas, os golpes fundos que o progresso dos outros me abriam na alma. Não podia enganar os meus desejos de menino. No entanto não dependia de mim o meu sucesso. Força de vontade não era nada. Conversa, aquela história de gota-d'água em pedra dura. Nada disto valia coisa nenhuma. Se valesse, o melhor aluno do tiro seria eu, porque quem com mais vontade, ali, de ir para diante, de ganhar uma fita? A verdade dura era que nunca me igualaria com os outros. E Pão-Duro, João Câncio, José Augusto, Clóvis compreendiam os sinais de ouvido. Contavam as conversas do sargento: "Em tempo de guerra faz-se assim." E discutiam o valor dos exércitos.

— O maior exército do mundo é o alemão – afirmava um.

E o outro contava passagens da luta do Japão com a Rússia. Armavam guerras do colégio com o Diocesano.

— Vocês aqui apanhavam longe – adiantara Vergara.

Era dos nossos. Mas tinha a vaidade de ter pertencido a outras hostes. O Diocesano tinha carabinas de verdade.

— Vocês aqui não sabem manobrar o fuzil. Lá se ensina tudo. Isto que a gente faz aqui é uma ginástica.

— O sargento disse que vai trazer um fuzil para o colégio.

— Quando? Só se for no dia de são nunca...

Vergara andara por terras maiores, vira coisas grandes, e queria se mostrar à altura do que vira. Estava sempre a favor do Diocesano contra o INSC.

— Você no Diocesano era raso. Aqui quer se mostrar.

Só se conversava sobre coisas de tiro, exercícios, toques de corneta, guerras, esgrima. Todo este cheiro de pólvora me enjoava. Era uma figura morta nestes assuntos, uma praça de pré-desclassificada. Fizera, porém, uma descoberta que me pagava muito bem de todas estas decepções: descobrira Carlos Magno, a história do imperador Carlos Magno. Grande livro, que nada tinha que ver com a vida, mas que me veio mostrar que eu era ainda criança, porque acreditei nele, da primeira à última página. O cético da vida dos santos, dos milagres da história sagrada, se apaixonava, se entregava de corpo e alma ao romance dos *Doze pares de França*. Que grande coisa era ser cristão, filho legítimo de Deus, e brigar com os mouros, os turcos, os infiéis! Oliveira, vinham contra ele dez mil homens armados até os dentes, e ele sozinho enfrentava o exército poderoso de espada na mão. Matava mil. Os outros corriam com pavor daquele braço formidável. Oliveira caía desfalecido, com o corpo picado de feridas. Tinha marcas de espadas da cabeça aos pés. Aparecia Roldão. E dava-lhe a beber o bálsamo sagrado. E as feridas secavam, e o herói se reanimava para nova luta. Era um livro de capa encarnada, grosso, de páginas encardidas, amarrotadas. Com ele aprendi a temer mais a Deus do que com o catecismo. Repetia a história duas, três vezes. Odiava os turcos, amava a Deus que protegia as hostes de Oliveira. Carlos Magno, para mim, não seria um herói. Roldão, o seu sobrinho, Oliveira, o jovem protegido das forças celestes – estes, sim, me arrebatavam. Discutia com os colegas:

— Esta história é mentira. Roldão morreu.
— Morreu coisa nenhuma!
— Pois veja no dicionário de Clóvis.

Fui ao dicionário. "Roldão ou Orlando. Um dos pares de Carlos Magno. Morreu em Roncesvales, protegendo a retirada do exército." Era mentira. Morrera não. Que me importavam os dicionários? Roldão seria para mim eterno.

Quando os meninos chegavam contando os feitos de generais, de almirantes, eu botava em cima deles os meus guerreiros da antiguidade. Que era Napoleão comparado com Oliveira?

Napoleão nunca brigou com dez mil turcos sozinho. Brigava de longe, de canhão.

Refugiava-me com os meus *Doze pares de França,* na companhia destes homens íntimos de Deus. E o colégio se preparando para a parada. Firmino Cotinha, o dono do curtume, oferecera ao diretor toda a comida para a meninada no dia 7. A parada terminaria, assim, com um piquenique. Tudo isto se anunciava com uma profunda tristeza para mim. Estava ainda ouvindo a voz nasal do sargento: "O senhor não pode formar no dia 7. Se no sábado não melhorar, digo ao diretor para lhe tirar da formatura." O cúmulo, aquela minha inadaptação às manobras militares. Quando ficava só no recreio, começava a me exercitar, fazendo meias-voltas, apresentando armas. Surpreenderam-me uma vez. Virando-me para trás, descobri os meninos mangando:

— Para que isto, Doidinho? Pra carregar panela não precisa isto tudo não.

Irritei-me como se me tivessem pegado fazendo uma coisa feia. E de pedra na mão espantei o grupo. A pedra, porém, bateu na janela da sala de jantar. Ouvi o grito ameaçador:

— Quem sacudiu esta pedra?

Vi pela primeira vez os meus colegas na altura de gente de verdade. Ninguém respondeu.

— Quem sacudiu esta pedra?

O mesmo silêncio.

Já estava no alpendre o diretor farejando o culpado.

— Fui eu.

— O senhor? Então virou doudo! Venha para cá, que eu lhe dou um remédio.

E me sacudiu a palmatória. E gritou. E fez o diabo.

— O senhor não sabe é obedecer ao instrutor. Vá buscar o seu fardamento, que eu quero ver.

Trouxe a farda. Relaxadamente deixara o quepe embaixo das outras peças, machucando-o todo. O bolo outra vez me acariciou.

— Relaxado! O senhor só presta mesmo para andar de chapéu de couro com os vaqueiros de seu avô. Mas eu lhe ensino a ser gente, nem que seque o meu braço. Pare com este choro, seu doudo!

Tudo aquilo por causa daquele tiro. Antes era Maria Luísa, me atormentando com a sua volubilidade. Não dormia pensando nela. Fora-se embora, aliviara-me daquela sujeição infernal. Mas Maria Luísa ainda me exaltava com os seus olhos, com os seus risos, com a alegria do seu amor. Sofrera muito com Maria Luísa. O tiro trouxera-me, no entanto, desgostos maiores. A morte de Aurélio, perdia-a de memória, só em pensar no sargento, nas ratas dos dias de exercícios, nos castigos para as minhas faltas. Aquilo era a maior miséria do mundo. Então aquele homem não compreendia que eu não dava para a coisa? Somente para sustentar os seus caprichos! Fazia-me inferior na frente dos outros, submetido às grosserias de um sargento, às risotas do colégio inteiro.

Pensei em escrever uma carta para casa. Manuel Lucino agora todas as terças-feiras vinha ao colégio trazer-me merendas de casa e quatrocentos réis que me mandava o velho Zé Paulino. Trazia a lata de cocada e a moeda de cruzado.

Carta, porém, não dava certo. A outra se perdera. Fora um sacrifício em vão. O velho chegara ao colégio, e o diretor com duas palavras cortara os meus planos.

Assim é que não podia continuar. E um ódio de morte me dominou contra o velho. Até aquela data apanhara por qualquer motivo. Não seria inocente que me entregava às penas. Lição errada, maus passos de comportamento. Havia sempre uma razão para o bolo. Começava agora a me sentir perseguido pela injustiça, a sofrer sem nenhum pretexto. Lembrei-me de tio Juca, de fazer-lhe uma carta. O meu avô me queria muito bem, mas não acreditaria nas minhas queixas. Menino para ele devia mesmo apanhar, embora não adotasse esse regime nem para os moleques do pastoreador. Tio Juca me falava em livros que condenavam o castigo corporal. Imaginei a carta, e a escrevi. Fiz-me de vítima sofredora, exagerando demais as mágoas. Mandei dizer até que tinha vontade de morrer. O exagero estragou-me o que havia de verdade na carta, e talvez por isso o meu tio não deu atenção. Esperei-o no colégio, procurava ver o povo que saltava do trem, quando batiam na porta corria para olhar. Não veio, nem me mandou resposta alguma.

33

No sábado saí-me pessimamente nos exercícios. Fui excluído de vez da formatura. O velho me mandou para casa sem me olhar:

— Pode ir embora.

Sabia o que queria dizer aquela indiferença; uma raiva recolhida, meia dúzia de bolos no mínimo para desabafar-se. Contei a seu Coelho quando cheguei.

— Não se importe. Vou falar ao Maciel.

Dava-se de poucas conversas com o genro, mas a minha causa valia uma troca de palavras. Ouvi-o me defendendo. E o velho Maciel:

— Que doenças, que nada! O senhor vai atrás de manha de menino!

— A criança é mesmo nervosa. O senhor não se lembra daquele ataque?

— A mim afirmou o senhor que aquilo não fora nada.

— Sim, mas pode voltar.

— Volta não, volta não... Tenho um remédio para ele.

— Bem, faça o que quiser. Depois não me chame para os remédios, apressado.

Não houve doença, nervoso, criança excitada, que servisse. Entrei na sova. Naquele sábado seis bolos. E gritou. Ouvia o velho Coelho tossindo. Era o seu sinal de aborrecimento, o seu pigarro de protesto. Velho ruim, o diretor. Fiquei na sala inchando de raiva, planejando coisas absurdas. Tomara que aquele diabo morresse! Porque me machucava impiedosamente aquela história de apanhar sem culpa. Me desse com razão, mas somente porque não conseguia aprender aquelas voltas e viravoltas, não me batesse: era judia demais. Pensei até em matar o velho. Esta ideia homicida chegou-me na cama. Lembrava uma notícia que Vergara lera num jornal: uma mulher se matara com arsênico. Seu Coelho tinha um frasco de arsênico em cima da mesa, e chegou-me assim a sugestão criminosa. Botaria o frasco de veneno no copo de doses do diretor. Ele guardava-o no aparador, e de hora em hora ia beber a sua colher de homeopatia. Botaria ali todo o frasco. Dormi com esta premeditação e acordei com vergonha de ter pensado naquilo. Apertei-lhe a mão de manhãzinha dando bom dia, meio com remorso. Parecia que já tinha atentado contra a sua vida. E se eu tivesse posto o veneno? E se o velho morresse? Via-o morto, d. Emília chorando, o povo em casa: "O que foi?" "Ninguém sabe?" "Morreu de repente." E eu, sabendo de tudo, calado. Depois descobriam. Encontravam o frasco vazio. Agitava-se a cidade. O dr. Bidu botaria gente na cadeia, a mãe de Licurgo, todos os inimigos de seu Maciel. E eu calado, sofrendo da pior dor, que era esta de um coração trancado, sem poder se abrir.

    Que besteira pensar estas coisas, nas vésperas da grande festa do colégio. Dois dias sem aula, pegados um no outro. E a parada sonhada, discutida, contada nos seus detalhes para me fazer inveja. O sargento levaria também o tiro dos rapazes para combates simulados. Estava fora definitivamente de qualquer cogitação, a minha ida com eles. Acompanharia com seu Maciel e Coruja. Coruja tinha me dado um desgosto sério: deu parte de mim. Foi por causa de Heitor, numa discussão de tolices. Falava-se que a música de Itabaiana não se comparava com a de Timbaúba. Eu mais os outros botávamos tacha da glória de Heitor, naquela banda melhor do mundo. E tanto se buliu com ele, que Heitor se aperreou. Estourou de raiva nos metendo os pés. Demos-lhe uns empurrões. Coruja brigou e a brincadeira não lhe deu ouvidos.

— Vou dizer a seu Maciel.

Ninguém acreditava que ele nos enredasse.

— Ele não dá parte. Doidinho está no meio.

E por isso dormimos quietos, sem medo do relatório.

O velho sentado na cadeira de braços, Coruja chegou.

— Seu Maciel, os meninos estiveram impossíveis ontem.

— Quem?

— Seu Heitor, seu Antônio Coelho, seu Vergara – e com uma voz mais forte, como se tivesse sentido repugnância — e seu Carlos de Melo.

Não era pelo bolo que eu sentia aquela denúncia. O bolo no caso era o menos. Era Coruja, o amigo que desaparecia, me nivelando com os outros. Por mais que descobrisse recursos para defendê-lo, a mágoa estava ali, viva, dessas que doíam cada vez mais que se pensava nela. Aquilo assemelhava-se a um sonho: Coruja dando parte de mim. Há três meses tudo no mundo poderia ser possível. Mas se me viessem dizer: "Olha, daqui a uns dias você apanhará por causa do Coruja", me parecia um absurdo, uma invenção inacreditável. E no entanto o mundo dera esta volta. Olhava Coruja tomando conta da gente. Não lia como sempre. Fitava para um canto só. Estava longe. Teria recebido carta do pai? A irmã teria piorado? Pedi para ir fora. Deu-me a ordem sem me olhar. Não, Coruja sofria por mim, injuriara o amigo. Cumprira o seu dever, magoara a sua maior afeição para não praticar uma injustiça, para ser justo. Coisa ruim, um carrasco com consciência...

34

Ainda não falara no Grêmio Literário do colégio. Pagava cada aluno um tostão por semana. Faziam-se discursos, ou melhor, decoravam-se os discursos de seu Maciel. Antônio Meneses, de cabeça loura e grande, recitava as orações cívicas. Armavam a tribuna no meio da sala e as sessões do Grêmio NSC se realizavam. O diretor ficava de longe. O presidente dava a palavra ao tribuno que se desobrigava. Em todo discurso devia haver uma citação em francês. Os oradores passavam o dia antes da sessão magna recitando a peça para o mestre. Ouvia os exercícios maravilhado de tudo. Estes intérpretes dos talentos do diretor faziam uma espécie de corte no colégio. Eram os eleitos da vaidade de seu Maciel. Antônio Meneses enchia-se com isto. Parecia um pavão, com a roupa preta, o cabelo penteado de lado, na hora da desova. Falou no dia 14 de julho. Não entendia o que lhe vinha da boca. E no meio a frase em francês. Também dava ao grêmio a minha contribuição: a minha colcha de rosas vermelhas servia de forro para a tribuna das solenidades. Não me cobria com ela. Ficara um objeto coletivo para as festas. No fim do ano havia sessão solene. O promotor da cidade fazia um discurso. O colégio se enchia das famílias dos alunos. Esperava-se este dia com ansiedade, pois seria o último de internato.

Agora, com o tiro, o entusiasmo se passara para o garbo militar. Antônio Meneses ganhara a maior patente. Ainda era uma homenagem ao intérprete. O Grêmio Literário só servia para isto: uma espécie de desabafo literário de seu Maciel. D. Emília gabava muito o marido:

— É de família importante!

E dizia o nome por extenso:

— Francisco Lauro Maciel Monteiro! Sobrinho do poeta Maciel Monteiro, barão de Itamaracá. Maciel tem poetas na família.

Nas sessões ele ficava de parte escutando-se a si mesmo nos gramofones que ensaiara. Ele tinha uma cara diferente na hora dos discursos: o lábio subindo de lado, os olhos em sobrolho quando um deles truncava um pedaço ou falhava numa interjeição. O francês saía devagar e ele baixava a cabeça com um riso no fim da frase como se o menino tivesse saído de um perigo de vida.

O grêmio não tinha nem um livro. Pagava-se o tostão não sei para quê. Não pagávamos a missa do padroeiro do colégio. Neste dia o dr. Bidu almoçava conosco. A culinária da negra Paula dava uma volta, a carne de sol desaparecia em troca de galinhas e frangos. Valia a pena o tostão do Grêmio NSC. Havia um aluno célebre no colégio: um que fizera o discurso sem ser ensinado: o Otávio. Este nome glorioso deixara rastro na casa.

Achava um encanto naquele tom elevado de voz do discurso. Meneses sabia gorjear, uma voz clara se elevando e baixando nos minutos precisos, todo ele acima de nós como um que tivesse uma missão maior a desempenhar. A tribuna me parecia um altar. Subir ali seria o mesmo que subir da terra, ser outro, uma pessoa diferente. Por isso as sessões do grêmio, com os discursos do diretor, de que nada entendia, mas que ouvia como a uma música, me satisfaziam bastante. Eu sabia que aquilo não tinha saído da cabeça de Meneses. E não compreendia nada. Mas só a voz naquela gradação sonora me estremecia. No engenho falava-se muito do dr. Eduardo do Itambé:

— Fala bem. Falou quatro horas no júri.

Herdara este encanto dos meus pela oratória. Pelos engenhos corria de mão em mão o processo de Vieira de Castro, o grande tribuno português que matara a mulher. Ouvia uma prima do Maravalha, lendo alto, na cabeceira da mesa, a peça da defesa. O réu dissera poucas palavras para traspassarem a alma da gente. Chorando levantou-se para pedir aos jurados que provassem a inocência da sua mulher que ele iria para a forca satisfeito. Aquilo arrepiava a assistência da sala de jantar:

— Só de romance – dizia a velha Sinhazinha. — Acredito nisto não.

O júri mandou o homem para o desterro da África.

Ali no colégio os discursos se referiam às datas. Não alcançavam as palavras difíceis. Meneses, porém, compensava tudo isto com a sua eloquência, com a sonoridade de seus gemidos da garganta.

Amava esta mudança da vida comum, esta saída do natural, do falar rasteiro de todos os dias. O colégio fora um dia a uma conferência de um doutor. Levou mais de uma hora falando calmo, sem levantar os braços, sem mudar de voz. Não me agradou. Falava mal.

O poeta e o orador deviam ser seres opostos a nós outros. Lembrava-me das modinhas cantadas no engenho. João de Noca, ao violão, era um grande. Falavam dele porque nunca soubera o que fosse o cabo da enxada. Mas lhe dessem um violão e se veria que razões lhe levavam a não estragar os seus dedos.

— De quem é esta moda, João?

— Castro Alves.

Era o poeta. Pensava que um poeta não tivesse nada de humano, criatura aérea, julgava-o de muito distante. O Castro Alves das modas de João de Noca seria uma espécie estranha, um habitante de outro mundo, de cuja vida ninguém soubesse. Fazer verso para mim tinha qualquer coisa de sagrado, de impossível. Eu era de uma família sem letrados, de gente que fazia da terra a sua única obra de arte, a sua maior alegria. Plantavam e colhiam. O velho Zé Paulino não abrira um livro que não fosse a folhinha que marcava as luas. Fazer um livro – coisa misteriosa para mim. E os oradores, os escritores e os poetas me pareciam sempre gente que andava por cima de todos nós. O grêmio me aproximava mais dessa realidade. Vira se fazer os ensaios, os trabalhos do velho Maciel. Não era tão difícil assim fazer um discurso. Mas aquilo bem pensado não era discurso. Queria ver Meneses falar por ele mesmo, falar horas seguidas, tudo saindo de dentro dele. Isto de decorar não representava grande coisa. Eu já estava fazendo descrições.

 Lera um livro que tinha aparecido no colégio nas mãos de Clóvis. Um livro cheio de figuras e de retratos de homens de letras. Havia nele a história de uma pantera com um caçador. Um caçador no deserto encontrara uma pantera. Viviam numa intimidade de amantes. A fera criara ao homem uma paixão de mulher. Gostava de fazer-lhe carícias. Um dia, porém, num destes agrados, grunhia para ele num beijo mais afetivo. O caçador pensou que fosse outra coisa aquela impetuosidade amorosa, e matou o animal. História triste. Via que o sol que se punha no deserto dourava as palmeiras, fazia bonito o céu e pensei nas minhas descrições. Na primeira que fizesse diria tudo diferente, assim à maneira daquelas palavras do livro. E meti-me a grande. Nem me lembro sobre o que era a minha primeira descrição, depois disto. Só sei que botei o sol iluminando com os seus raios as relvas floridas dos campos. Os passarinhos gorjeavam nas árvores os seus cantos harmoniosos.

— Donde o senhor tirou isto?

— De ninguém. Botei de cabeça.

— Melhor que em vez destas besteiras o senhor soubesse escrever certo as palavras.

Qual! Ali não se podia escrever bonito. O meu primeiro ensaio literário tivera aquele destino. Meneses fazia descrições admiráveis. O velho lia alto:

— Isto podia ser publicado até em jornal! Muitos jornalistas por aí não chegam a seus pés.

Mas ele decorava os discursos.

Havia palavras que me tentavam. Sublime era uma delas. Coruscante era outra. Hora sublime do poente, sol coruscante – encontravam-se em todos os meus trabalhos. Seu Maciel já me chamava de "seu Coruscante". Era um atraído pelos vocábulos. E que poderia fazer?

Uma tarde comecei a olhar o mundo. O sol se punha mesmo fazendo o céu em não sei quantas cores. O sino batia. E uma doce tristeza cobria as coisas da terra. Pensei numa descrição. Podia escrever assim as minhas impressões. Fui ver um lápis. E só me saiu da cabeça a hora sublime do sol posto. Não dava para aquilo. Seria como o meu povo. Não devia me meter onde não podia estar. A gente do Santa Rosa achava lindo um discurso. O velho Zé Paulino pagaria caro para ter tido um filho brilhando. Mas lá ninguém fazia cartas difíceis, nem se falava com "esses" demais. Tudo era chão e simples entre os meus. O sol não iluminava com os seus raios coisa nenhuma; o sol ali secava os partidos, criava as lagartas. E quando se olhava o céu era para ver se vinha chuva, se o tempo levantara ou se havia círculos de inverno na lua. Aquele povo nunca dera um poeta. E por isto só João de Noca das modinhas de violão andava com esta palavra na boca. Ele sabia uns versos tristes que me tocavam: "Se eu morresse amanhã."

— Bicho preguiçoso – dizia o meu avô. — Quer viver a vida toda cantando loas.

E mesmo bicho-de-pé não se chamava no Santa Rosa de poeta?

— Está tirando os poetas, hein?

As primas do Maravalha, sim, estas gostavam dos "esses", de romances. Havia um "moço loiro" quase preto e esfarrapado. Tinha-se álbum de poesia para os serões. Lá João de Noca montara o seu quartel-general. Era querido, namorava, casou-se até por lá.

No casarão do velho Zé Paulino não havia quarto de hóspedes para as musas.

35

A CORNETA ESTALAVA NA porta do colégio. Os gritos de comando cresciam na pacatez das tardes de Itabaiana. Pareciam um brado de gigantes no meio daquele silêncio de ruas largas e desertas. Desde o 1º de setembro que exercitavam todos os dias. Ficava na calçada vendo a manobra, as piruetas, os lances de esgrima dos colegas. As janelas se enchiam de moças para aquele espetáculo de que não podia entrar como figurante. A mulher do dr. Bidu perguntou a d. Emília:

— Este menino não entrou?
— Não tem jeito.
— E só ele é que não tem jeito?! – me repreendendo com a sua admiração.
— É doente.
— Ah! É o do ataque. O que morreu, coitado, fazia pena. E que pai, dona Emília! Nem veio ver o menino doente.
— Maciel se matou com aquela doença.
— Não era para menos...
— A senhora não imagina que trabalho deu. Alunos destes não pagam o trabalho. Este, não. Só tem mesmo esta peitica com os exercícios. Adiantou-se muito aqui. Avalie a senhora que chegou no segundo livro e já está no segundo grau.

Mas não me contentavam estes elogios. A verdade dura estava às vistas de todo o mundo. Somente eu era que não tinha jeito.

Começavam a chegar o meu nervoso, as impaciências, as saudades de casa. Licenciado dos exercícios, sem preocupações, sem sustos a melancolia e a insatisfação voltavam aos seus lugares. Sentia-me cada vez mais sozinho, espremido num meio de decepções e sem uma grande coisa para pensar. Carlos Magno relaxara-se no meu interesse. Vivia agora de esperar o portador que vinha de casa para a feira. Trazia as minhas encomendas. Pobre Manuel Lucino! Os colegas mangavam dele, de seus bigodes grandes, de sua fala arrastada. Eu o esperava na porta escondido para que não o vissem. E indagava de tudo. Estavam botando banho de chuvisco e telefone no engenho. Tia Maria se fora para a casa dela. A vovó Galdina morrera. E estas notícias ficavam comigo, conversando, ajudando-me a passar o tempo como bons amigos em palestra. A vovó Galdina, a boa negra da Costa d'África, enterrada no cemitério do São Miguel. Tinha mais de cem anos. Quando chegavam visitas ao engenho iam logo mostrar a antiguidade. E ela olhava para todo o mundo, com aquele riso bambo, sem dentes, com a memória viva para tudo o que lhe perguntavam. Cosia sem óculos. Arrastava-se em muletas e toda a ternura e a bondade de sua raça se podiam encontrar naquele centenário coração de escravo. Vovó Galdina! Agora chegava-me esta notícia: tinha morrido. Reproduzia na minha memória a sua vida. Lá vinha de manhã para o banco da cozinha, devagarinho. Levava mais de uma hora para vencer os trinta metros de sua viagem. Davam-lhe a comida, tudo comia, tudo que lhe dessem era bom. Vovó quer isto? Queria tudo.

— Menina, me dá uma caneca d'água.

E os beiços longos e bambos parecia que iam cair quando ela falava. Passava o dia inteiro ali. Os moradores lhe tomavam a bênção. A negra Generosa lhe chamava tia Galdina. Era a única que lhe dava este tratamento. Chorava por tudo. A gente brincava com as suas lágrimas:

— Vamos fazer vovó chorar?

— Vamos.

E um chegava perto dela fingindo uma dor, se espremendo de sofrimento.

— Que é, meu filho? – com os olhos marejando a água boa de suas fontes.

Às vezes ficava na camarinha com as suas dores de velha. Os moleques pisavam mastruz para as suas juntas enferrujadas. E há anos e anos que se arrastava assim. Vira o meu avô menino:

— Ioiozinho, carreguei ele nos quartos.

"Carreguei ele nos quartos": que expressão de animal, mesmo de besta de carga. O velho Zé Paulino a trouxera de seu sogro no inventário, já assim inútil, se arrastando nas muletas. Ainda quando voltei para casa em São João quis me ver em seu quarto escuro como naquele dia da minha primeira chegada no Santa Rosa.

— Benza-o Deus! A cara da mãe! Como está grande o menino da dona Clarisse!

Eram assim os seus cumprimentos:

— Como está gordo! Como está bonito! Como está grande! – tudo que fosse um agrado.

E Manuel Lucino me trouxera a notícia. Numa das noites sonhei com ela: estava na banca tirando as flores das açafroas. Era a sua única ocupação no engenho. A cozinha se enchia do cheiro agradável das florezinhas despinicadas. No sonho me apareceu como na vida, sem nada de mais. Agora devia estar no céu, se o céu não fosse somente para os que cumprissem as ordens do catecismo, os que tivessem tempo para ficar em dia com os sacramentos.

Enquanto o colégio se preparava para o dia da parada, vovó Galdina vivia comigo na minha saudade. Como teria sido a morte dela no engenho? O povo todo de sala do Santa Rosa tinha medo da morte. Me ensinaram a correr dos enterros, a me sentir mal com os defuntos. Quem teria tido a coragem de ver a vovó Galdina estendida na sua cama, como teria sido o enterro dela? Era capaz de ter morrido sem ninguém saber, como a negra Maria Gorda, sem um grito. Esta o povo dera graças a Deus, sacudindo-a no buraco. Enterro feio, este. Ainda me lembro: trouxeram o caixão dos pobres, de Pilar, dois homens de lá mesmo meteram a velha na mortalha de madapolão e levaram com mais dois moradores aquele resto de gente para longe. Com vovó Galdina as negras teriam chorado. Meu avô sem dúvida ficou passeando pela calçada. Ninguém na casa-grande dormiu naquela noite. Era o diabo pensar na morte. Melhor seriam as perseguições do tiro.

Quem sabe se o velho Zé Paulino não iria atrás? Que nada! O meu avô, com os seus setenta anos, ainda se mostrava bem rijo, tomando o seu banho frio das quatro horas da manhã. E para que pensar nestas coisas tristes? Eram as coisas tristes que me preocupavam. A alegria festiva do colégio não me contagiaria, expulso do contentamento geral. Só se falava no dia 7. Preparavam-se as fardas. E que noite leve não passariam os meninos pensando no dia seguinte? Vi-os acordar às cinco horas com a corneta tinindo na porta. O sargento mandara despertar a canalha com o toque marcial de quartel. Senti na cama uma agonia com aquele chamado guerreiro. Vergara, Pão-Duro, João Câncio, Zé Augusto, Clóvis, todos os outros com a cara de quem fosse para casa, em férias. Os externos já estavam chegando, em conversas pela porta. O sargento dando ordens. O velho Maciel com as últimas providências para o café. Chamou o comandante oferecendo a sua bolacha seca:

— Coma, pessoal – dizia o sargento, violando o silêncio das refeições. — A marcha vai ser puxada. Mais de seis quilômetros a pé. Quero ver quem afrouxa.

Aquilo de ir atrás com o diretor e o Coruja me humilhava. Faria papel de moça. Todo o mundo a perguntar o motivo da minha exclusão. Seria dado por incapaz a toda hora. Fui a Maciel me queixar de dor de cabeça. Estava com o corpo mole, não podia andar.

— Então fique em casa. Mas olhe: fiquei quieto.

Fui para a porta, ainda mais a me machucar com a saída do batalhão. A corneta estalava, o tambor a rufar, e o pessoal de espingarda de pau nos ombros – setenta meninos felizes, em marcha para o sítio de Firmino Cotinha. Vi-os se sumindo no fim da rua. De longe ainda escutava a corneta. Agora não estalava mais nos ouvidos. Quanto mais andava mais ficava saudosa. Recordava-me: uma vez, na cama, ouvi um toque daquele. Passava no trem, por Itabaiana, o batalhão da Paraíba que seguia para a revolução do Recife. O trem demorou na estação e o corneteiro aproveitou o momento para entristecer a cidadezinha morta de sono. Era uma dor funda o que exprimia aquela corneta que ia para a guerra. O trem apitou e nada mais triste do que um apito de trem assim de noite, de longe. Lembrei-me de tudo o que era triste naquela noite.

Ouvia-se ainda o rufo abafado do tambor dos meninos marchando. Já devia ir muito longe. E uma saudade de casa começou a me agoniar.

36

E uma saudade de casa começou a me agoniar. O colégio inteiramente vazio. Só a negra Paula ficara. Fui para a janela, vendo se vencia aquela minha saudade com a gente que passava na rua. O trem da Paraíba apitou. E de súbito me irrompeu uma vontade de fugir. Iria de trem. Tinha dinheiro para a passagem de segunda classe. Saí da janela para iludir este desejo impertinente. Andei pela casa toda, com a companhia intrusa me aconselhando: "Foge, besta, ninguém sabe; o teu avô não se importa." Voltei para a janela. Vi um sujeito de guarda-pó passando pela calçada. Viera do trem. Ouvi o trem da Paraíba saindo. A sineta da estação tocava. "Foge, besta." Estive no quintal. A cajazeira da vizinha cheirando como no engenho. Tinha dinheiro para a passagem. Entrei no quarto. A roupa estava dentro da mala. O trem passaria à uma hora. Uma hora com a ideia na cabeça, andando da janela para o fundo do quintal, com a tentação no meu encalço.

Meio-dia. E o diabo comigo. Era mesmo: ia fugir. Vesti-me devagarinho, para que a negra Paula não ouvisse. Estava na cozinha lavando os pratos. Lembrei-me da semana santa, das horas de luxúria da negra Paula. Calcei as botinas, e fiquei pisando nas pontinhas dos pés. Botei a roupa preta, o boné do colégio. Tinha dois mil-réis, uma moeda de prata das grandes. Apalpei-a no bolso. Se perdesse, estava tudo acabado. Saí pelo corredor como um ladrão, imperceptível, rápido, alcançando a porta da rua. O sujeito de guarda-pó estava parado na porta do juiz, conversando. E toda a rua quieta. Vi uma castanhola madura no chão. Olhavam para mim da casa do juiz. Fiz que não vi, e saí andando devagar. Mas com uma vontade irresistível de dar uma carreira. Se corresse, desconfiariam. Era muito cedo para o trem. Passaria à uma hora. E podiam ser doze e dez. Andei pelo jardim público. As pedrinhas ringiam nos meus pés. Vi a casinha do pai de Fausto. Senti uma pessoa andando atrás de mim com as passadas largas de seu Maciel. Mas passou na frente: era o estafeta do correio com a mala. Já ia para a estação. Saí atrás dele.

Ainda não tinha chegado ninguém. Somente os empregados empurrando mercadorias em carrinhos de ferro. Ouvi o barulho seco do telégrafo funcionando. A portinhola de vender passagens, fechada. Apalpei os dois mil-réis: estavam ainda no bolso. Chegava gente de guarda-pó e bolsa na mão. Ouvi uma pessoa dizendo: "O trem atrasou-se uma hora. Que diabo!" Um homem de branco começou a me olhar. Estaria desconfiado? Fiquei sentado, impassível. Uma mosca começou a passear pelo meu nariz. Pousou. E levantou-se outra vez para outro passeio. Olhei para o homem: ele ainda me fitava. Levantou-se e veio para mim. Um frio correu-me o corpo todo.

— O que querem dizer estas letrinhas aí?

Expliquei-lhe.

— Ah! É deste colégio que passou formado? Por que não foi também?

— Vou ver meu avô, que está doente.

— Aonde?

— No engenho Santa Rosa.

— Ah! Do coronel José Paulino?

Nisto uma pessoa o chamou. Era melhor sair dali. Podiam me pegar. Perguntas daquele jeito me tiravam o sangue-frio. Fui até o fim da plataforma. Do outro lado era a rua da Lama, das mulheres perdidas. Havia uns pés de oitis. Andei por debaixo deles. Licurgo passou por mim, dizendo:

— Carlos, para onde vai você? Como vai o guenzo?

Ri-me com ele. Para que diabo não ia embora? Ouvi bater a sineta da estação. O trem partira de Rosa e Silva. Na portinhola tinha uma porção de gente comprando passagem. Passei na frente de um homem, que me disse, aborrecido:

— Que pressa é esta?

Fiquei com medo. Era a primeira vez que uma pessoa estranha me repreendia.

— Segunda classe para o Pilar.

O chefe da estação me olhou de cara feia, e me deu a passagem e o troco. Bateu com a prata na mesa. Se fosse falsa, estaria perdido. Guardei o cartão com ganância no bolso da calça. A estação se enchera. Um vendedor de bilhete me ofereceu um. Não desconfiava de mim. O chefe foi que me olhou com a cara fechada. Já se ouvia o apito do trem. Cheguei para o lugar onde paravam os carros de passageiros. E o barulho da máquina se aproximando. Estava com medo, com a impressão de que chegasse uma pessoa para me prender. Ninguém saberia. E o trem parado nos meus pés. Tomei o carro num banco do fim, meio escondido. O padre Fileto me viu. Tirava esmolas para a obra da igreja.

— Não foi para a parada?

— Não senhor, vou ver o meu avô que está doente.

A mesma mentira saída da boca automaticamente. Os meninos passavam vendendo tareco. Quis comprar um pacote, mas estava com receio. Qualquer movimento de minha parte me parecia uma denúncia. O homem do bilhete voltou outra vez me oferecendo. Num banco na minha frente estava um sujeito me olhando. Sem dúvida, passageiro do trem. E me olhando com insistência. Levantou-se e veio falar comigo:

— Menino, que querem dizer estas letras?

— Instituto Nossa Senhora do Carmo.

— Pensei que fosse "isto não se conhece"...

Ri-me sem querer. E as outras pessoas acharam graça. Pedi a Deus que o trem partisse. Por que não partia aquele trem? Meu boné me perderia. Podia ter vindo de chapéu. Nisto vi seu Coelho. Entrei disfarçando para a latrina do trem. E não vi mais nada. Só saí de lá quando vi pelo buraco do aparelho a terra andando. Sentei-me no mesmo lugar. Vi a cadeia, o cemitério. Chegou o condutor pedindo as passagens.

— É de segunda classe, não é aqui.

Fiquei aterrorizado com o aborrecimento do homem, que me levou para o outro carro de junto. Era um banco comprido para todos. Gente pobre conversando. A impressão da fuga não se aliviava com o trem andando. Agora pensando na chegada ao engenho.

Lá estava a galhofa. Os meus companheiros discutiam:

— Não está vendo que eu não vou vender feijão por menos do que comprei!

Outros falavam de cobradores de impostos:

— É uma miséria! Com pouco mais a gente paga imposto até pra fazer precisão.

O carro todo caiu na risada. E o Pilar chegando. O Recreio do coronel Anísio, com a sua casa na beira da linha. E a gente já via a igreja. O trem apitava para o sinal. Passou o poste branco. Saltei do trem como se tivesse perdido o jeito de andar. Escondi-me do moleque do engenho. O trem saía deixando no ar um cheiro de carvão de pedra. Lá se ia Ricardo com os jornais para o meu avô. Faltava-me coragem para bater na porta do engenho como fugitivo. E fui andando à toa pela linha de ferro. Que diria quando chegasse no engenho? Lembrei-me então que pela linha de ferro teria que atravessar a ponte. E desviei-me para a caatinga. Pegaria mais adiante o mesmo caminho. Estava pisando em terras do meu avô. O engenho de seu Lula mostrava o seu bueiro pequeno, com um pedaço caído. Que diabo diria no Santa Rosa, quando chegasse? Era preciso inventar uma mentira. Fiquei parado pensando um instante. Achei a mentira com a alegria de quem tivesse encontrado um roteiro certo. Sonhara que meu avô estava doente e não pudera aguentar o aperreio do sonho. E fugira. Achariam graça e tudo se acabaria em alegria. Mas cadê coragem para chegar? Já me distanciava pouco da minha gente. O bueiro do Santa Rosa estava ali perto, com a sua boca em diagonal. Subia fumaça da destilação. Com mais cinco minutos estaria lá. Era só atravessar o rio. Fiquei parado pensando. O rio dava água pelos joelhos. O gado do pastoreador passava para o outro lado. E cadê coragem para agir? E o tempo a se sumir. E a tarde caindo. A casa-grande inteira brigaria comigo. No outro dia José Ludovina tomaria o trem para me levar. E o bolo, e os gritos de seu Maciel. Vou, não vou, como as cantigas dos sapos na lagoa. Um trem de carga apitou na linha. Tirei os sapatos, arregaçando as calças para a travessia. A porteira do cercado batia forte no mourão. E no silêncio da tarde, tudo aumentava de voz. Um grito do velho Zé Paulino chegou até mim:

— Ó Ricardo!

Ali no escuro é que não podia ficar. E a solidão me fez mais medo do que o povo do Santa Rosa.

Cronologia

1901

A 3 de junho nasce no Engenho Corredor, propriedade de seu avô materno, em Pilar, Paraíba. Filho de João do Rego Cavalcanti e Amélia Lins Cavalcanti. Falecimento de sua mãe, nove meses após seu nascimento. Com o afastamento do pai, passa a viver sob os cuidados de sua tia Maria Lins.

1904

Visita o Recife pela primeira vez, ficando na companhia de seus primos e de seu tio João Lins.

1909

É matriculado no Internato Nossa Senhora do Carmo, em Itabaiana, Paraíba.

1912

Muda-se para a capital paraibana, ingressando no Colégio Diocesano Pio X, administrado pelos irmãos maristas.

1915

Muda-se para o Recife, passando pelo Instituto Carneiro Leão e pelo Colégio Osvaldo Cruz. Conclui o secundário no Ginásio Pernambucano, prestigioso estabelecimento escolar recifense, que teve em seu corpo de alunos outros escritores de primeira cepa como Ariano Suassuna, Clarice Lispector e Joaquim Cardozo.

1916

Lê o romance *O ateneu*, de Raul Pompeia, livro que o marcaria imensamente.

1918

Aos 17 anos, lê *Dom Casmurro*, de Machado de Assis, escritor por quem devotaria grande admiração.

1919

Inicia colaboração para o *Diário do Estado da Paraíba*. Matricula-se na Faculdade de Direito do Recife. Neste período de estudante na capital pernambucana, conhece e torna-se amigo de escritores de destaque como José Américo de Almeida, Osório Borba, Luís Delgado e Aníbal Fernandes.

1922

Funda, no Recife, o semanário Dom Casmurro.

1923

Conhece o sociólogo Gilberto Freyre, que havia regressado ao Brasil e com quem travaria uma fraterna amizade ao longo de sua vida.
Publica crônicas no *Jornal do Recife*.
Conclui o curso de Direito.

1924

Casa-se com Filomena Massa, com quem tem três filhas: Maria Elizabeth, Maria da Glória e Maria Christina.

1925

É nomeado promotor público em Manhuaçu, pequeno município situado na Zona da Mata Mineira. Não permanece muito tempo no cargo e na cidade.

1926

Estabelece-se em Maceió, Alagoas, onde passa a trabalhar como fiscal de bancos. Neste período, trava contato com escritores importantes como Aurélio Buarque de Holanda, Graciliano Ramos, Jorge de Lima, Rachel de Queiroz e Valdemar Cavalcanti.

1928

Como correspondente de Alagoas, inicia colaboração para o jornal *A Província* numa nova fase do jornal pernambucano, dirigido então por Gilberto Freyre.

1932

Publica *Menino de engenho* pela Andersen Editores. O livro recebe avaliações elogiosas de críticos, dentre eles João Ribeiro. Em 1965, o romance ganharia uma adaptação para o cinema, produzida por Glauber Rocha e dirigida por Walter Lima Júnior.

1933
Publica *Doidinho*.
A Fundação Graça Aranha concede prêmio ao autor pela publicação de *Menino de engenho*.

1934
Publica *Banguê* pela Livraria José Olympio Editora que, a partir de então, passa a ser a casa a editar a maioria de seus livros.
Toma parte no Congresso Afro-brasileiro realizado em novembro no Recife, organizado por Gilberto Freyre.

1935
Publica *O moleque Ricardo*.
Muda-se para o Rio de Janeiro, após ser nomeado para o cargo de fiscal do imposto de consumo.

1936
Publica *Usina*.
Sai o livro infantil *Histórias da velha Totônia*, com ilustrações do pintor paraibano Tomás Santa Rosa, artista que seria responsável pela capa de vários de seus livros publicados pela José Olympio. O livro é dedicado às três filhas do escritor.

1937
Publica *Pureza*.

1938

Publica *Pedra Bonita*.

1939

Publica *Riacho doce*.

Torna-se sócio do Clube de Regatas Flamengo, agremiação cujo time de futebol acompanharia com ardorosa paixão.

1940

Inicia colaboração no Suplemento Letras e Artes do jornal *A Manhã*, caderno dirigido à época por Cassiano Ricardo. A Livraria José Olympio Editora publica o livro *A vida de Eleonora Duse*, de E. A. Rheinhardt, traduzido pelo escritor.

1941

Publica *Água-mãe*, seu primeiro romance a não ter o Nordeste como pano de fundo, tendo como cenário Cabo Frio, cidade litorânea do Rio de Janeiro. O livro é premiado no mesmo ano pela Sociedade Felipe de Oliveira.

1942

Publica *Gordos e magros*, antologia de ensaios e artigos pela Casa do Estudante do Brasil.

1943

Em fevereiro, é publicado *Fogo morto*, livro que seria apontado por muitos como seu melhor romance, com prefácio de Otto Maria Carpeaux.

Inicia colaboração diária para o jornal *O Globo* e para *O Jornal*, de Assis Chateaubriand. Para este periódico, concentra-se na escrita da série de crônicas "Homens, seres e coisas", muitas das quais seriam publicadas em livro de mesmo título, em 1952.
Elege-se secretário-geral da Confederação Brasileira de Desportos (CBD).

1944

Parte em viagem ao exterior, integrando missão cultural no Ministério das Relações Exteriores do Brasil, visitando o Uruguai e a Argentina.

1945

Inicia colaboração para o *Jornal dos Sports*.
Publica o livro *Poesia e vida*, reunindo crônicas e ensaios.

1946

A Casa do Estudante do Brasil publica *Conferências no Prata: tendências do romance brasileiro, Raul Pompeia e Machado de Assis*.

1947

Publica *Eurídice*, pelo qual recebe o prêmio Fábio Prado, concedido pela União Brasileira dos Escritores.

1950

A convite do governo francês, viaja a Paris.

Assume interinamente a presidência da Confederação Brasileira de Desportos (CBD).

1951

Nova viagem à Europa, integrando a delegação de futebol do Flamengo, cujo time disputa partidas na Suécia, Dinamarca, França e Portugal.

1952

Pela editora do jornal *A Noite* publica *Bota de sete léguas*, livro de viagens.

1953

Na revista *O Cruzeiro*, publica semanalmente capítulos de um folhetim intitulado *Cangaceiros*, os quais acabam integrando um livro de mesmo nome, publicado no ano seguinte, com ilustrações de Cândido Portinari.
Na França, sai a tradução de *Menino de engenho* ("L'enfant de la plantation"), com prefácio de Blaise Cendrars.

1954

Publica o livro de ensaios *A casa e o homem*.

1955

Publica *Roteiro de Israel*, livro de crônicas feitas por ocasião de sua viagem ao Oriente Médio para o jornal *O Globo*.

O escritor candidata-se a uma vaga na Academia Brasileira de Letras e vence a eleição destinada à sucessão de Ataulfo de Paiva, ocorrida em 15 de setembro.

1956

Publica *Meus verdes anos*, livro de memórias.
Em 15 de dezembro, toma posse na Academia Brasileira de Letras, passando a ocupar a cadeira no 25. É recebido pelo acadêmico Austregésilo de Athayde.

1957

Publica *Gregos e troianos*, livro que reúne suas impressões sobre viagens que fez à Grécia e outras nações europeias. Falece em 12 de setembro no Rio de Janeiro, vítima de hepatopatia. É sepultado no mausoléu da Academia Brasileira de Letras, no cemitério São João Batista, situado na capital carioca.

Conheça outras obras de
José Lins do Rego

*Água-mãe**
*Banguê**
*Cangaceiros**
*Correspondência de José Lins do Rego I e II**
*Crônicas inéditas I e II**
*Eurídice**
*Fogo morto**
*Histórias da velha Totônia**
*José Lins do Rego – Crônicas para jovens**
*O macaco mágico**
*Melhores crônicas de José Lins do Rego**
Menino de engenho
*Meus verdes anos**
*O moleque Ricardo**
*Pedra bonita**
*O príncipe pequeno**
*Pureza**
*Riacho doce**
*O sargento verde**
*Usina**

*Prelo